Der Tag, an dem es Kapitalisten regnete

Martin Genahl wurde im niederösterreichischen Stockerau geboren, studierte in Wien und Köln Komposition, Geschichte, Musikwissenschaft und Numismatik und lebt als freischaffender Schriftsteller und Komponist auf der Nordseeinsel Föhr. Sein literarisches Schaffen umfasst Romane, Kurzgeschichten, Theaterstücke, Hörspiele und Libretti. »Der Tag, an dem es Kapitalisten regnete« ist sein erster Kriminalroman.

MARTIN GENAHL

Der Tag, an dem es Kapitalisten regnete

HISTORISCHER KRIMINALROMAN

emons:

Bibliografische Information der Deutschen Nationalbliothek
Die Deutsche Nationalbibliothek verzeichnet diese Publikation in der Deutschen Nationalbibliografie; detaillierte bibliografische Daten sind im Internet über http://dnb.d-nb.de abrufbar.

FSC
www.fsc.org
MIX
Papier aus verantwortungsvollen Quellen
FSC® C083411

Umschlagmotiv: picture-alliance/akg-images/Cordia Schlegelmilc
Umschlaggestaltung: Tobias Doetsch
Gestaltung Innenteil: César Satz & Grafik GmbH, Köln
Notenblatt Seite 174/175: © 1929 by Musik-Edition
Bärbroich + Söhne, Wien; Layout: Nikolaus Blach
Druck und Bindung: CPI – Clausen & Bosse, Leck
Printed in Germany 2014
ISBN 978-3-95451-258-4
Historischer Kriminalroman
Originalausgabe

Für Ela

Ouvertüre

Micky zählte ein. *Klack, klack.*

Elegant ließ er dabei den rechten Trommelstock über den Handrücken kreisen, ein Trick, der noch nie seinen Effekt bei der Damenwelt verfehlt hatte.

»Drei! Vier! Eins!«

Es geht die Lou lila, von Kopf bis Schuh lila,
auch das Dessous lila, das muß man seh'n.
Sie hat den Hut lila, es steht ihr gut lila,
was sich da tut lila, ist nicht mehr schön.
Sie braucht sich gar nicht die schönen Augen malen,
denn ihre Augen strahlen ultraviolett.
Es ist ihr Hemd lila, wenn jemand kömmt lila,
macht sie die Lampe lila beim lila Bett.

Cora war in ihrem Element. Der unbedingte Wille zum Exhibitionismus und ein beachtliches Maß an schauspielerischem Talent machten sie zur geborenen Sängerin. Die gleichen Attribute hätten ihr auch den Weg zur erfolgreichen Bordellbetreiberin oder Bankiersgattin geebnet, aber in Wahrheit war ich heilfroh, dass sie sich für die weitaus weniger lukrative Alternative, die Musik, entschieden hatte.

Auf den Brettern, die die Welt bedeuteten, war sie ein unersättliches Singvögelchen, nicht zu bremsen, man hätte sie von der Bühne herunterschießen müssen. Und da der letzte Auftritt des Jahres immer einen besonderen Reiz ausstrahlte, legte sie sich gleich noch ein bisschen mehr ins Zeug. Singen, spielen, tanzen, kokettieren, ein Augenaufschlag hier, ein Sprung auf den nächstgelegenen Tisch da – nichts und niemand durfte sich vor dieser tollwütigen Wildkatze in Sicherheit wähnen.

Die unorthodoxe Bühnenpräsenz unserer Sängerin, naturgemäß das Aushängeschild jeder Musikgruppe, war auch das Pfund, mit dem wir eifrig wucherten, denn Tanzkapellen, vor denen unerträglich langweilige Sänger mit pomadegetränkten Haaren standen, denen selbst das wohlgesonnenste Publikum anriet, sich zuallererst einmal den Besenstiel aus dem Allerwertesten zu ziehen, kannte Berlin in diesen Tagen wahrlich genug.

Jedes Jahr muß eine neue Mode sein,
denn gibt es keine neuen Kleider,
dann verhungern ja die Schneider
und Frau Lou, die Schöne, Hochmondäne,
bringt das Neu'ste von der Seine.
Mittags auf dem Korso dann im Sonnenschein
führt sie die allerneu'ste Mode aus und ein:
Es geht die Lou lila …

Die Rechnung ging auf. Die Gäste sprangen schon auf das erste Lied an, als hätten wir bereits eine Stunde Programm absolviert. Der Eröffnungstitel war auch mit Bedacht gewählt: »Es geht die Lou lila« mauserte sich seit der Erstveröffentlichung vor drei oder vier Jahren unaufhaltsam zur heimlichen Hymne der arroganten Snobs und überheblichen Hedonisten – und auch davon hatte Berlin ausreichend.

In Kenntnis der Umstände hatte ich bereits im Vorfeld sämtliche Lieder mit kritischen und nachdenklichen Texten aus dem Programm des heutigen Abends genommen und sie durch leichtere, humoristische Kost ersetzt.

Silvester 1929 war kein gutes Datum, um mahnend den Zeigefinger zu heben.

Zu sehr lastete die Krise, deren Ende und Auswirkung noch gar nicht abzusehen war, auf den Gemütern der Menschen. Die drohende Ungewissheit mit Blick auf die Zukunft besorgte den Rest. Die äußeren Einflüsse hatten unser Programm stark verändert. Viele kluge Reime und herrliche, aber wohl zu anspruchsvolle Kompositionen waren dieser Entwicklung zum Opfer gefallen.

Hehre Kunst, geopfert auf dem Altar des niederen Gewinnstrebens.

Für mich persönlich als tiefen Verachter des blanken Strebens nach materiellen Gütern und gleichzeitig ehrlichen Verehrer der subtilen Gesellschaftskritik mit den Mitteln der vermeintlich schönen Künste war das in jeder Hinsicht eine Katastrophe.

Die aktuelle Weltlage vergällte den Menschen jedoch das Denken und trieb sie auf direktem Weg in die Vergnügungssucht, und wir, ihre willfährigen Begleiter auf diesem Canossagang, lieferten dafür die Begleitmusik.

Zum Glück bot unser Repertoire eine reiche Auswahl an simplen, eingängigen Melodien und das Auditorium nicht überfordernden Liedtexten, zumindest in den nächsten Stunden sollte die allgegenwärtige Depression also keine Chance haben.

Alles hat Frau Lou in diesem Farbenton,
das neue Auto und die Villa,
auch die Badewanne lila,
jede Seidenschlinge, alle Dinge,
lila selbst die Augenringe.
Lila vor den Augen wird dem Herrn Baron,
denn er bezahlt die ganze lila Kollektion:
Es geht die Lou lila …

Die feine Gesellschaft der Hauptstadt nutzte die Gunst der Stunde, um noch ein vielleicht letztes Mal die kostbaren Pelze und den wertvollen Schmuck zu präsentieren, ehe die guten Stücke vermutlich *diritissima* in die nächstbeste Pfandleihe wanderten.

Vorher musste damit freilich noch geprotzt werden, was würde der Nachbar sonst denken? Im schlimmsten Falle das Richtige!

Derlei Sorgen plagten mich und meine Mitmusiker nicht. Zur eitlen Prunksucht und Selbstdarstellung fehlten uns sowohl die finanziellen Grundlagen wie auch die charakterlichen Defekte. Unsereins war schon froh, dass wir diesen lukrativen Auftritt ergattern konnten. Viele Kollegen starrten heute zu Hause die Wand an, anstatt auf der Bühne zu stehen, weil mehr als die Hälfte der geplanten Feste und Bälle zum Jahreswechsel kurzfristig abgesagt worden waren.

Aus wirtschaftlichen Gründen, wie man das heutzutage gerne schönredete.

In Wirklichkeit war das allerdings nur die feine Umschreibung dafür, dass die Allgemeinheit für die Vergehen weniger schwarzer Schafe zu büßen hatte, weil das Land seit Kriegsende, zusätzlich zu allen Ungerechtigkeiten, auch noch mit einer Reihe unfähiger Regierungen bestraft worden war.

Und das Ergebnis: Sogar der gemeine *Musicus commercialis* musste unter den kapitalen Fehlern und der unermesslichen Gier der Geldhaie und der himmelschreienden Dummheit der Politiker leiden.

… macht sie die Lampe lila beim lila Bett.
= Jamm-Ba-Da-Ba-Jamm-Bam---Bumm-Prack =

Starker Applaus. Überdurchschnittlich stark für eine Veranstaltung dieser Façon.

Erinnerte mich frappant an das laute Pfeifen im Wald.

»Einen wunderschönen Abend wünsche ich Ihnen, meine sehr verehrten Damen und Herren. Herzlichen Dank für den warmen Empfang. Wir werden Sie heute Abend musikalisch begleiten, hinein in ein neues Jahrzehnt voller ungeahnter Möglichkeiten. Wir sind die Unterhaltungskapelle *Grammofox*, halb Grammophon, halb Foxtrott.«

Den abgetakelten Witz konnte sie sich nie verkneifen, aber die Silvestergäste, ausgehungert nach Zerstreuung und seichtem Zeitvertreib, quittierten sogar diesen lahmen Kalauer mit lautem Gelächter. Das absolute Traumpublikum eines jeden Künstlers. Mit denen würde ich am liebsten das ganze Jahr auf Tournee gehen.

»Und auch unser nächstes Lied, das wir Ihnen aus einer fernen, wilden, ungezähmten Bergregion im tiefsten Süden, hinter vorgehaltener Hand auch *Österreich* genannt, mitgebracht haben, erstrahlt in einem brandneuen Arrangement unseres Genius an der Bassgeige.«

An diesem Teil der Moderation konnte ich mich einfach nicht satthören.

»Geschrieben von Fritz Grünbaum und Fred Raymond, seit Jahren der Gassenhauer schlechthin: ›Ich hab' das Fräul'n Helen' baden seh'n.‹«

Immer, wenn man sieht den guten Friedrich,
jammert er: »Das Leben ist so widrig!«
Aber gestern nacht hat er so gelacht,

als hätt' einen Treffer er gemacht! Gemacht! Gemacht! Gemacht!
Wie er ins Hotel nach Haus gekommen,
hat er eine falsche Tür genommen,
wo das schöne Fräul'n Helene g'rad' im Bade saß.
Da rief er in heller Ekstas':

Mazze zwinkerte mir vom Klavier aus zu, während seine zierlichen Finger über die Tastatur glitten, also war auch er mit meiner Liederabfolge des Abends zufrieden. Seine Meinung bedeutete mir viel, schließlich war er das spielerische Rückgrat von *Grammofox*, wenn nötig auch der Fels in der Brandung, sobald *Rhythmicus* und *Intonatius* – die ranghöchsten Schutzheiligen aller Musiker – uns einmal zu verlassen drohten. In diesen Notfällen konnte man sich auf den Tastenfox verlassen: unaufgeregt und immer exzellent vorbereitet, wie man sich einen Mitmusiker besser nicht schnitzen könnte. Auch Micky schien heute gut in Form zu sein, zumindest hatte er die Tempi der beiden ersten Lieder perfekt getroffen und sich hinter seinen riesigen Trommelbergen auch sonst nichts zuschulden kommen lassen. Bisher, wohlgemerkt! Dieser Umstand sollte tunlichst nicht beschrien werden. An seinen guten Tagen war der Trommelfox eine solide Stütze jeder Formation, an seinen weniger guten gefährlicher als eine entsicherte Handgranate.

Wie verwandelt ist der Friedrich heute,
freundlich grüßt er unbekannte Leute.
Auch beim Business ist er voll Nobless',
will man ihn betrügen, sagt er: »Yes! Oh yes! Oh yes! Oh yes!«
Er, der punkto Reinlichkeit ein Hasser,
schwärmt begeistert plötzlich nur für Wasser.
Die Gemeinde seiner Freunde weiß nicht aus noch ein.
Doch er lacht in sich nur hinein:

Das »Fräul'n Helen'« enttäuschte uns nicht. Im Gegensatz zu anderen Liedern, bei denen wir schon froh sein konnten, wenn einige Verwegene sich auf den Bretterboden verirrten und einsam das Tanzbein schwangen, sangen hier die meisten Besucher schon ab der zweiten Zeile den kompletten Text mit – oftmals sicherer, als ich selbst ihn kannte –, und der Tanzboden war sofort brechend voll.

Während Mazzes Solo schlich Cora auffallend unauffällig zu mir nach hinten, drapierte sich malerisch um meinen Kontrabass und hauchte mir ein zärtliches »Die haben wir bei den Eiern!« ins Ohr. Gut, dass ich die Nummer in- und auswendig kannte, sonst hätte ich mich bei dieser Wasserstandsmeldung ganz sicher im Ton vergriffen, aber die Aktion war typisch für sie.

Natürlich war *Cora Bora* ein Künstlername, aber ihr gefiel das Wortspiel, und die Berliner liebten sowieso alles exotisch Anmutende. Ich habe sie nie nach ihrem echten Namen gefragt – so etwas schickt sich nicht bei einer Dame –, aber ich vermute, dass er jüdischer Provenienz war, weil sie einmal in einem vertrauten Gespräch anklingen ließ, dass sie schon des Öfteren Schwierigkeiten mit irgendwelchen antisemitischen Wirrköpfen gehabt hatte. Als ob die Nation nicht schon genug Probleme hätte, schossen diese entbehrlichen Idioten auch noch wie Unkraut aus dem Boden.

Vor fünf Jahren wären diese Rassisten wohl aus der Stadt hinausgelacht worden, aber aus völlig unerfindlichen Gründen nahm die Bevölkerung ihre krausen Theorien plötzlich ernst. Beunruhigend. Je mehr ich so über die Zukunft nachdachte, desto mehr erfreute ich mich an der Gegenwart.

Unser Freund, der nahm zur Frau Helene;
doch die Waden, welche einst so schöne,
schlank und zart und süß, wurden später mies
und so dick wie vom Klavier die Füß'! Die Füß'! Die Füß'!
Geht die Gattin heut' ins Badezimmer,
schaut der Mann sich nicht mehr an die Trümmer,
sondern weise schließt er leise hinter ihr die Tür
und spielt am verstimmten Klavier:

Freizügig und schlüpfrig. Das erwarteten die Leute von uns – und das bekamen sie auch. An diesem Ruf hatten wir jahrelang hart gearbeitet, jetzt kam die Zeit der Ernte. Wenn ich mir so in Erinnerung rief, wie viele Auftritte *Grammofox* pro Jahr absolvierte – seit einiger Zeit konnte man mit Fug und Recht behaupten, dass wir als Tanzkapelle gut im Geschäft waren –, wunderte ich mich immer wieder, wie wenig wir, die Musiker, letztendlich dabei verdienten. Beides, sowohl die Spielflut wie auch die – sehr vorsichtig ausgedrückt – indirekt proportionale Gewinnausschüttung, verdankten wir unserem Agenten, Paul Pozzo (klang zwar nach einem falschen Namen, war es aber nicht; wie ich mich durch einen klammheimlichen Blick auf seinen druckfrischen Reisepass vergewissern konnte, hieß er tatsächlich so, genannt *Pullen-Paule*, was ihn vollständig und punktgenau charakterisierte), der sämtliche Fähigkeiten eines umtriebigen Geschäftsmannes und eines windigen Betrügers auf erschreckende Art und Weise in sich vereinigte.

Den heutigen Auftritt verdankten wir seiner Überzeugungskraft, aber letzten Endes auch dem Umstand, dass wir mit unserer Sechs-Mann-Besetzung ziemlich einzigartig im Reigen der Unterhaltungskapellen dastanden, während sich die Kollegenschaft oftmals einsam zum Piano produzierte oder aber gleich ein fünfundzwanzigköpfiges Orchester als Rückendeckung hinter sich versammelte. Zwar hatte ich in weiser Voraussicht unser gesamtes Repertoire sowohl für sechs als auch für zehn Musiker arrangiert, wobei wir die Stammbesetzung noch um Flöte, Fagott, Posaune und Banjo erweiterten, und in den bisher sieben Jahren des Bestehens von *Grammofox* hatten wir auch oft in der vergrößerten Besetzung konzertiert, aber nun schienen die fetten Jahre endgültig vorbei zu sein.

Ich hab' das Fräul'n Helen' baden seh'n, das war schön!
Da kann man Waden seh'n, rund und schön im Wasser steh'n!
Und wenn sie ungeschickt tief sich bückt, so,
da sieht man ganz genau bei der Frau, oh!
Ich hab' das Fräul'n Helen' baden seh'n, das war schön!
Da kann man Waden seh'n, rund und schön im Wasser steh'n!
Man fühlt erst dann sich recht als Mann,
wenn man beim Baden geh'n Waden seh'n kann.

Nach fünf Liedern *Sturm und Drang – Eröffnung* (Originaltitel kreiert von Tastenmagier Mazze Klymkowski höchstpersönlich, der solche Anlässe gerne mal ausnutzte, um seine humanistische Allgemeinbildung zur Schau zu stellen) war die Zeit reif für eine langsame, gefühlvolle Nummer. Reif für einen *Lamourhatscher*, wie ich im Zuge meines letzten Aufenthaltes in Wien lernen durfte.

Anlässlich unseres Auftrittes letzten *Fasching*, wie der Karneval dort unten genannt wurde, den wir die Ehre hatten, im weltberühmten Hotel Sacher hinter der noch berühmteren Wiener Staatsoper zu absolvieren – zwar nicht im großen Ballsaal, aber immerhin in einem der kleineren Säle –, verbrachten wir eine herrliche Woche in der Donaumetropole. Ich erinnere mich noch genau, dass wir die Reise mit äußerst gemischten Gefühlen antraten, weil wir nicht wussten, wie man uns als Berliner Kapelle, die den lokalen Künstlern die Arbeit stahl, aufnehmen würde, aber alle unsere Bedenken wurden von der ersten Sekunde an vollends zerstreut.

Die Leute empfingen uns mit einer Gastfreundschaft, wie wir sie hier im – im wahrsten Sinne des Wortes – kalten Nordosten gar nicht für möglich gehalten hatten. Wir revanchierten uns postwendend, indem wir eine ganze Reihe von Liedern österreichischer Komponisten und Texter in unser Repertoire aufnahmen, was uns letztendlich triumphale Erfolge hüben wie drüben einbrachte. Daran erinnert man sich freilich gerne zurück. Und auch an viele andere Kleinigkeiten, die die Alpenrepublik in ihrer moralischen Lässigkeit auf wohltuende Art und Weise von der preußischzackigen Herzlichkeit unterschied. Selbst Humor war dort kein Fremdwort.

Es ist nicht zu verbergen: Ich liebe Österreich innig, besonders der butterweiche Wiener Dialekt hat es mir angetan, obwohl ich nur wenige Bruchstücke der Konversation verstand, und natürlich nutzte ich jede sich bietende Gelegenheit, ihn mit der einheimischen – vornehmlich weiblichen – Bevölkerung zu vertiefen. Rein zu Studienzwecken selbstverständlich!

Es war eine herrliche Zeit.

Vom rein klanglichen Aspekt wurde ich nach wie vor lieber auf Wienerisch beschimpft, als auf Berlinerisch gelobt.

Madonna, du bist schöner als der Sonnenschein,
dein Haar, das ist dein goldener Madonnenschein!
Die Lippen, sie gleichen den Kirschen auf dem Baum,
die Wangen, die weichen, dem Blütenhauch, dem Frühlingstraum!

Madonna, du bist schöner als der Sonnenschein,
wann neigst du endlich gnädig dich mir zu?
Wenn ich von Glück und Sonne dann umsponnen schein,
bist du mein Glück und meine Sonne, du!

Die Frau, die bei diesem Schmachtfetzen nicht weich wurde, musste erst geboren werden. Diese Erfahrung hatte auch Cora schon einige Male machen müssen.

Die Strophe der »Madonna« bot uns die Gelegenheit, mit allerlei lautmalerischem Schnickschnack aufzutrumpfen: Triangel, Gong, Zimbeln, sogar eine kleine, selbst gebastelte Form von Windmaschine kam zum Einsatz. Außerdem hatte ich unserer Stehgeigerin mit dem klangvollen Pseudonym Veronika K. (wie unschwer zu erkennen war, verband die weiblichen Mitglieder unserer Truppe ein gewisses angespanntes Verhältnis zu ihren echten Namen; in Veronikas Fall ging das so weit, dass sie uns neben ihrem wirklichen Namen nicht einmal ihren Geburtstag verriet, was dem Rest von *Grammofox* Jahr um Jahr die Notwendigkeit von Geschenken und Einladungen ersparte, und sogar ihre Post an ihren Bruder – von dem ich nicht mehr wusste, als dass er ein ziemlich eigenartiger Typ sein musste und wie besessen Mundharmonika spielte, was ich persönlich bereits als ersten Beweis für die erstellte Hypothese wertete – adressieren ließ) eine herzzerreißende Kantilene, passend zu den melancholischen Worten, in die Musik gezaubert, die sie gewohnt hingebungsvoll zelebrierte.

Auch Günther, seines Zeichens der grammofoxische Klarinettist, zählte die »Madonna« zu seinen Lieblingsliedern. Vor allem, weil er sich dabei an einem ausgiebigen Solo weiden konnte, aber auch, weil er sich an seinem Stamminstrument erfreuen durfte, während ich ihm bei den immer zahlreicher werdenden neuen Musikstücken sein eigentliches Nebeninstrument, das Saxophon, aufbrummte, dessen vielfältige Klangmöglichkeiten mich mehr und mehr faszinierten.

Auch diese Rechnung ging auf: Die Paare verließen wegen des rapiden Tempoverlustes keineswegs die Tanzfläche, sondern ergriffen vielmehr die Chance beim Schopf, sich noch enger aneinanderzuschmiegen.

Über blaue Wellen streicht der Abendwind
und liebkost sie so leicht und lind
wie die Mutter ihr Kind.
Aus der kleinen Gondel klingt vom Meer allein
eine Stimme so glockenrein
in das Dunkel hinein.

In ein paar Stunden würden die zwanziger Jahre unwiderruflich Geschichte sein.

Das war für jemanden wie mich, der auch die zehner Jahre hautnah miterlebt hatte, nicht leicht zu verkraften. Nach Kriegswirren und Inflation wurde meine Generation Zeuge einer aufstrebenden Nation. An der Spitze des Aufstieges und Synonym des Fortschritts: Berlin, eine Großstadtmetropole, wie man sie zu Kaisers Zeiten nicht für möglich gehalten hätte. Prüderie wurde durch Toleranz, veraltete Moral durch individuelle Freiheit, Obrigkeitshörigkeit durch »Bildung für alle« ersetzt. Es war auch keineswegs zufällig, dass *Grammofox* sich just in Berlin gegründet hatte, obwohl keiner von uns gebürtiger Berliner war. Einige hatten sogar einen ziemlich weiten Weg hinter sich, aber nur hier, in genau dieser Stadt, bot sich der einzigartige Nährboden für eine Gruppe unseren Zuschnitts.

Und solch wunderbare Jahre strebten nun unaufhaltsam ihrem Ende zu.

Wahrscheinlich würde man diese Zeitspanne im historischen Kontext liebevoll als *Die Jahre des Wirtschaftswunders* oder *Die Goldenen Zwanziger* oder einfach nur *Eine der schönsten Epochen* romantisch verklären, und mit allen Titeln träfe man genau ins Schwarze, aber bei aller Sentimentalität: Der Lauf der Zeit war nun mal nicht aufzuhalten.

Nur noch ein Wimpernschlag und die Zwanziger waren nicht mehr, abgelöst durch die dreißiger Jahre, deren Qualität ich bereits im Vorhinein heftig anzweifelte.

Wenn ich ehrlich war, fürchtete ich die Zukunft.

Und wenn ich bedachte, wie unkompliziert und vorhersehbar mein Leben selbst vor knapp zwei Monaten noch war, beneidete ich mich selbst.

Zu viel war seither aus dem Ruder gelaufen, zu viel hatte sich zu meinen Ungunsten gewandelt.

Schon seit geraumer Zeit schien mir eine schwarze Wolke auf Schritt und Tritt zu folgen. Unbeirrbar hing sie über meinem Kopf und verdunkelte mein Leben.

Wann hatte sich das Schicksal eigentlich gegen mich zu wenden begonnen?

Streng genommen wohl schon letzten April. April 1929. An meinem Geburtstag. Mein höchst persönliches Unheil hatte vor exakt siebeneinhalb Monaten begonnen. Und selbst in meinen kühnsten Träumen hätte ich mir zu diesem Zeitpunkt nicht ausmalen können, dass gerade ich urplötzlich im Zentrum eines Kapitalverbrechens stehen würde.

Vorspiel

Der vorgetäuschte Hustenanfall erfüllte seinen Zweck. Das war reine Notwehr und ersparte mir zumindest das würdelose Auspusten der zweihundert Kerzen auf meiner Geburtstagstorte. Alle wollten mir weismachen, es seien tatsächlich nur vierzig Stück, aber für mein Gefühl waren es mindestens fünfmal so viele. Nicht einmal zählen konnten sie, diese Bastarde! Gerade eben noch bei der Probe hatten diese Heuchler so getan, als hätten sie meinen Geburtstag komplett vergessen. Noch nicht einmal gratuliert hat mir einer dieser hinterhältigen Verräter.

Lediglich: »Lass uns doch noch auf einen Absacker zum Poidl gehen«, hieß es.

Gut, meine Mitmusiker hatten mich nicht gerade zum Mitkommen überreden müssen – das war nie nötig, wenn es um einen Lokalbesuch ging –, aber leicht angesäuert war ich allemal. Unser Stammlokal Zum Poidl war dementsprechend auch keine verdächtige Wahl. Dass ich plötzlich und ohne die geringste Vorwarnung vor einer lichterloh brennenden Torte stand, erschien da schon wesentlich überraschender.

»Blasen ist sowieso Frauensache«, meldete sich mein alt(ernd)er Freund Rollo auf seinem gewohnten Niveau aus dem Hintergrund zu Wort, obwohl man gerade in Bezug auf seine Person mit dieser Feststellung äußerst vorsichtig umgehen sollte. Generell legte man besser nicht alles auf die Goldwaage, was er redete, behauptete, vorgab und tat, wenn die Nacht lang war.

»Wie fühlt man sich so mit der bösen Vier im Lebensalter?« Er klopfte mir jovial auf die Schulter und drückte mir gleichzeitig ein frisch gezapftes Bier in die Hand.

»Wie man sich so fühlt, wenn man mindestens zehn Jahre älter geworden ist, als man jemals werden wollte«, entgegnete ich erschreckend aufrichtig.

Rollo lachte gewohnt dreckig und bekleckerte sich bei der Gelegenheit ausgiebig mit Bier, was ihn jedoch nicht weiter zu stören schien.

Ich blickte in die Runde und musste feststellen, dass die Überraschung restlos gelungen war. Praktisch mein gesamter Freundeskreis war versammelt, und die gackernden Hühner hatten es tatsächlich geschafft, dieses Geheimnis bis zuletzt zu bewahren.

»Jetzt wird erst einmal gesungen!«, drang es in breitem Wienerisch an mein entsetztes Ohr. Leopold Mayerhofer, genannt *Da Poidl*, mein erklärter Lieblingswirt, der mir auch in langen Jahren der engen Freundschaft noch nicht glaubhaft hatte erklären können, was einen gebürtigen Wiener dauerhaft nach Berlin verschlagen konnte.

»Wor a blede G'schicht.«

Mehr war diesbezüglich nicht aus ihm herauszuholen, aber wir waren uns alle einig, dass eine Frau ihre Hände im Spiel haben musste.

Cherchez la femme!

Poidl schwang sich über die Theke schwer elegant auf den Tresen und malträtierte ohne Rücksicht auf Verluste seine verstimmte Gitarre.

Zum Geburtstag viel Glück,
zum Geburtstag viel Glück,
alles Gute, lieber Wahni,
zum Geburtstag viel Glück.

Mein größtes Glück bestand darin, dass sie es bei einer einzigen Strophe beließen.

Musiker hin oder her, es war einfach nur grausam, wenn Instrumentalisten sangen. Etwa so, als würden Sportler sprechen, was sie dankenswerterweise nicht taten.

Poidl legte die Gitarre behutsam auf der Schank, wie er den Tresen nannte, ab und trat den Gratulationsgang zu mir an. Auch er brachte mir ein frisch gezapftes Bier mit, die Marschrichtung für den restlichen Abend war somit vorgegeben.

»Ab sofort marschierst du schnurstracks auf die fünfzig zu«, machte er mir Mut.

»Aber was soll's, es geht uns doch gut. Gesund und rund – und manchmal breit!«

»Habe ich da gerade meinen Namen gehört? Gestatten, Breitkopf, Rollo Breitkopf«, klinkte sich Rollo mit einem seiner berüchtigten Späße inklusive angedeutetem Handkuss und heftigem Hackenzusammenschlagen in die Unterhaltung ein.

»D'Ehre, Poidl«, setzte es die pflichtbewusste Antwort.

»Allen geht es doch gut. Seit fünf Jahren geht es nur noch bergauf mit Berlin und der ganzen Welt, und ein Ende ist überhaupt nicht abzusehen. Ich prophezeie noch viele goldene Jahre und rosige Zeiten, und ich irre mich nie. Also, mein Leben könnte schöner nicht sein, und ich wette alles, was ich habe – und das ist eine Menge –, dass es ewig so bleiben wird. Oder es wird noch besser!«, schwang sich Rollo unter gemischten Reaktionen endgültig zum Rädelsführer der gnadenlosen Optimisten auf.

»Stimmt schon – und was deine hellseherischen Kräfte anbelangt, so hoffe ich, dass du recht behältst –, aber mit steigendem Wohlstand steigen nun mal auch Neid, Missgunst und Raffgier, und das kann definitiv nicht unendlich so weitergehen«, bremste ich unseren selbstverliebten Schöngeist bereits im Ansatz ein.

»Dazu kann ich nichts sagen. Neidisch, missgünstig und raffgierig war ich schon immer«, lachte er und wandte sich (für ihn) interessanteren Gesprächen zu.

»Ich mag ihn ja, aber er kann auch tierisch nerven«, flüsterte Poidl mir ins Ohr. »Er ist doch einer deiner früheren Musiker. Warum kann er sich plötzlich den edelsten Zwirn und den teuersten Champagner leisten – und du nicht?«

Ich wiegte bedächtig den Kopf.

»Das fragt sich jeder, der ihn kennt. Rollo war unser erster Klarinettist und wahrhaftig kein schlechter, aber was seinen unvermittelt ausgebrochenen Wohlstand anbelangt, so sind wir uns alle einig, dass selbiger unmöglich mit Musik erworben wurde. Dazu müsste er rund um die Uhr auf der Bühne stehen. Auch seine Kompositionsversuche, die für einen Autodidakten eine durchaus bemerkenswerte Qualität aufweisen, werden kaum gespielt und fallen somit ebenfalls als Verdächtige aus. Bei unserer internen Wette liegt ein Lotteriegewinn unangefochten in Führung, leicht dahinter folgen illegale Aktivitäten, abgeschlagen an letzter Position findest du dann noch ehrliche Arbeit. Kurz: Man weiß es nicht.«

»Ich setze einen Fuffziger auf Heiratsschwindler«, prustete Poidl und blickte sich um. »Jetzt muss ich aber wieder einmal den

Wirt spielen, sonst bricht hier noch vollends die Anarchie aus.« Er verabschiedete sich Richtung Ausschank und ließ mich etwas verloren in der Gegend herumstehen.

Das war ein vorzüglicher Anlass für eine Runde durch die Kneipe.

Da war ja auch Paule, unser Promotor, der gerade zwei junge Frauen umgarnte, die ich zuvor noch nie gesehen hatte. Er winkte mir ungestüm zu, aber ich hatte weder Lust, mich über Bisexualität zu unterhalten, noch, mich zu ihm hinüberzumoderieren.

Günther und Veronika nutzten die Vakanz an meiner Seite und gratulierten mir ihrerseits; ein Rettungsmanöver vor Paules hohlem Geschwafel, für das ich ihnen in diesem Moment extrem dankbar war.

»Ich hoffe, das Fest gestaltet sich zu deiner Zufriedenheit?«, wollte Veronika wissen.

»Könnte nicht besser sein, da ist euch eine wunderbare Überraschung gelungen«, bedankte ich mich und deutete eine Verbeugung an.

»Oh, nur keine fremden Federn!« Veronika riss theatralisch die Arme hoch.

»Hauptverdienst und Hauptarbeit liegen und lagen eindeutig bei Cora.«

Sie ließ ihren Blick durch die Kneipe gleiten.

»Die ich nirgendwo entdecken kann!«

»Solltest du Probleme mit dem hohen Alter haben, kannst du dich vertrauensvoll an mich wenden«, bot Günther an.

Er hatte leicht lachen, schließlich war es schon ein paar Jahre her, dass wir gemeinsam seinen Fünfzigsten gefeiert hatten, und mit jedem weiteren Jahr, das ins Land ging, wurde sein Grinsen breiter. Gemessen an ihm konnte man geradezu den Eindruck gewinnen, das Älterwerden wäre das reinste Vergnügen.

»Wir müssen dir übrigens ein Kompliment machen«, fuhr er altersweise fort. »Das Arrangement zur ›Schönen Adrienne‹, das du uns heute mitgebracht hast, ist eindeutig das Beste, das du bisher für *Grammofox* verbrochen hast.«

Veronika nickte zustimmend.

»Aha, Lob – und das von euch beiden?«, gab ich mich überrascht.

»Ehre, wem Ehre gebührt.« Veronika gab meinem Ego zusätzlich Futter.

»Sogar mit dem Saxophon bin ich bei diesem Lied absolut einverstanden, obwohl ich mich sonst gerne dagegen wehre, aber bei der ›Adrienne‹ ist es am richtigen Platz, da bin ich mit seinem Klang richtiggehend glücklich«, setzte Günther dem unwirklichen Geschehen endgültig die Krone auf.

»Wahni sprachlos? Dass ich das noch erleben darf!«

Cora tauchte wie ein Geist aus der Dunkelheit auf und hüpfte auf Günthers Rücken, wo sie angesichts seiner Riesengestalt, an der das wuchtige Baritonsaxophon schon nur wie ein zierliches Altsaxophönchen zu erscheinen vermochte, den Eindruck eines frechen Äffchens hinterließ. In gewohnter Gutmütigkeit und – trotz seines biblischen Alters – zu jedem Unsinn bereit, verzog Günther keine Miene.

»Und Günther mag das Saxophon bei ›Adrienne‹.« Nach wie vor geschockt und fassungslos fand ich doch wieder vereinzelte Worte.

Cora ließ sich vom Rücken des Riesen fallen.

»Das ist zu viel für einen einzelnen Tag«, feixte sie und drehte sich zu Günther. »Du darfst eines nie vergessen: *Saxofox* klingt viel besser als *Klarinettofox*.«

Angesichts dieser messerscharfen Beweisführung lag die Sprachlosigkeit nun bei Günther, während Cora und Veronika nur mühsam einen Lachanfall unterdrückten.

Die vorhergehende Probe eingeschlossen, war meine Dosis *Grammofox* für den Augenblick gedeckt.

Ich beschloss, mich verstärkt um die übrigen Gäste zu kümmern.

»Was hältst du von der Idee, meinen Bruder als Gastmusiker einzuladen?« Veronika stellte mich wie einen flüchtenden Galeerensträfling, als ich mich gerade unauffällig davonstehlen wollte.

»Ob eine Mundharmonika zu unseren Liedern passt?«, erwiderte ich zweifelnd. »Wäre die nicht besser bei dieser amerikanischen Negermusik aufgehoben?«

»Wäre doch einen Versuch wert«, gab sie sich beharrlich.

»Gut, ich überlege es mir.« Ich lenkte für den Moment ein und befreite mich so endgültig aus der verbalen Umklammerung.

Ich orientierte mich kurz, sah Paule, der soeben zwei neue, noch jüngere Frauen, die ich ebenfalls noch nie zuvor gesehen hatte, von seinen Vorzügen zu überzeugen versuchte, bekam förmlich aus dem Nichts ein frisches Bier in die Hand gedrückt, registrierte die endlos lange Warteschlange vor der einzigen Toilette und erspähte schließlich in der dunkelsten Ecke des Etablissements Micky und Rollo, heftig gestikulierend in eine intensive Diskussion vertieft. Die beiden stellten eine hochinteressante Konstellation dar, vor allem, was fundierte Gespräche über klassische Musik betraf, die mit der restlichen Belegschaft erfahrungsgemäß nicht möglich waren.

Der sogenannten *Ernsten Musik*, die allen Gerüchten und Musikologen zum Trotz auch unterhaltend sein durfte, gehörte meine wahre, reine Liebe.

»Gut, dass du kommst!«, wurde ich von Rollo förmlich in die Unterhaltung hineingesogen.

Micky drängte mir gleich noch ein zweites Bier auf, aber ich wollte mich nicht beschweren.

»Wir disputieren gerade über Kunst und Kommerz«, so eröffnete Rollo bewusst gestelzt den unweigerlich folgenden Schlagabtausch.

»Was gibt es da großartig zu diskutieren?« Es handelte sich um eines meiner erklärten Lieblingsthemen. »Entweder man ist Künstler und macht Kunst, oder man ist ein Kommerzschwein und macht Kommerz. Beides lässt sich nicht verbinden, dazu gibt es doch auf dem ganzen Erdball keine zwei abweichenden Meinungen.«

Wie mich der weitere Abend lehren sollte, war dem nicht so.

»Und was ist mit Richard Strauss?« Micky erhöhte die Schlagzahl der Auseinandersetzung.

»Richard Strauss!«, entfuhr es mir verächtlich. »Dieser alte Protektionsgreis ist nichts weiter als ein Dorfkapellmeister mit exzellenten Beziehungen, die er sich über die Jahre hinweg erschleimt hat. Das war schon zu Zeiten des Kaisers so, das ist jetzt so in der Republik, und egal, was noch so auf uns zukommt, er wird sich zeit seines Lebens allen Mächtigen willig zu Füßen werfen, damit seine Opern nur ja gespielt werden und er damit seine Villen und seine Frauen finanzieren kann. Der Kommerz liegt diesem Universalgünstling im Blut wie eine unheilbare Krankheit. Niemals ist das ein wahrer Künstler.«

Micky trat angesichts meiner hitzig vorgetragenen Tirade vorsichtshalber einen Schritt zurück und hüllte sich in Schweigen, Rollo hingegen wurde durch meine Steilvorlage erst so richtig angestachelt.

»Deiner Meinung nach kann also nur derjenige ein wahrer Künstler sein, der am Hungertuch nagt. Sobald er mit seiner Kunst Geld verdient, ist jedermann in deinen Augen doch sofort der Antichrist, der seine Seele an den Mammon verkauft hat.«

Wir kannten uns eindeutig schon zu lange und viel zu gut, deshalb verstand er es auch so vorzüglich, mich bis aufs Blut zu reizen.

»Geschäftemacherei mit Kunst ist unethisch!«, verkündete ich trotzig mein Dogma.

Mittlerweile konzentrierte sich beinahe das gesamte Lokal auf unseren Disput, was mich wunderte, denn zumindest unser gemeinsamer Freundeskreis sollte die Abhandlung dieses Problems schon zur Genüge kennen.

»Dann sind Essen, Trinken und Wohnen wohl auch kein Thema für dich?« Rollo trieb den Disput endgültig auf die Spitze.

Da wollte ich nicht nachstehen.

»Wer mit Wohnraum und Lebensmitteln Wucher treibt, ist und bleibt ein Volksschädling, das ist nicht wegzudiskutieren. Sollen die Geier sich doch an Luxusgütern, die ohnehin niemand braucht, bereichern, aber die einfachen Menschen in Würde und Frieden leben lassen.« Ich hatte mich nun vollends aus dem Fenster gelehnt und erwartete die totale Eskalation.

»Ihr zwei Spinner seid schon eine Nummer.« Günther umfasste uns mit seinen Riesenpranken, die sofort jeden Streit im Keim zu ersticken vermochten.

»Aber wir sind hier, um zu feiern, nicht um zu streiten, also geht in Sachen Würde und Frieden mit gutem Beispiel voran. Sofort!«

Widerstand war zwecklos.

Unter sanftem Nachdruck umarmten wir uns und beschlossen, ein neues Bier zu holen.

»Wahni, Wahni, du trägst deinen Namen echt zu Recht. Ich beneide dich aufrichtig um deinen unerschütterlichen Idealismus – aber nur manchmal!« Mit einem schamlosen Grinsen besiegelte Rollo den Waffenstillstand.

»Habe ich am Ende einen von Wahnis linken Ausbrüchen verpasst?«

Ich drehte mich um. Da stand Sabine, wie immer um Stunden verspätet.

»Egal, ich kannte sie sicher schon. War es die Tirade mit den Kommerzschweinen oder die mit den Volksschädlingen?«

»Das volle Programm!«, schallte es vielkehlig zurück.

»Alles Gute zum Geburtstag, du Relikt aus dem letzten Jahrhundert.« Sie umarmte mich lachend und drückte mir dabei ein kleines Paket in die Hand.

»Nicht jeder kann ewig neunundzwanzig bleiben wie du«, parierte ich breit grinsend.

Ich bedankte mich für das Geschenk und packte es aus. Es war ein schwarzer Füller.

»Ich weiß genau, worauf du anspielst. Vielen Dank!«

»Sieh einer an, das verehrte *Fräulein zu Flurschütz*«, dichtete ihr Rollo gleich zur Begrüßung süffisant einen Adelstitel an, für unsereins die größtmögliche Beleidigung.

Sabine kniff kampfbereit die Augen zusammen.

Es folgte der absolut identische Wortwechsel, der mit lähmender Regelmäßigkeit jedes Aufeinandertreffen dieser beiden Antipoden begleitete.

Rollo: »Unsere Prinzessin ist wieder einmal sehr spät dran. Haben wir etwa zu viel Zeit vor dem Spiegel verbracht? Zu Korrekturzwecken?«

Sabine: »Der Grund für mein oftmaliges Zuspätkommen ist etwas, das du gar nicht kennst, mein affengesichtiger Freund, nämlich Arbeit.«

Rollo: »Welch rauer Ton, ich bin erschüttert. Und natürlich durften alle anderen früher nach Hause, nur du arme Geknechtete musstest Frondienst leisten.«

Sabine: »Seit ich diesen Posten übernommen habe, muss ich Tag für Tag länger in der Redaktion bleiben als jeder debile männliche Mitarbeiter und mich auch noch dumm stellen, damit ich die Stellung nicht gleich wieder verliere.«

Rollo: »Seit du dort das Sagen hast, ist die *Morgenpost* zu einem verweichlichten, liberalen Käseblättchen geworden. Ich lese sie jedenfalls nicht mehr.«

Sabine: »Das können wir verschmerzen. Seit ich die Zügel der Lokalredaktion in der Hand halte, hat sich unsere Leserschaft verdreifacht.«

Rollo: »Also wärest du der bessere Zeitungsherausgeber? Besser als ein Mann?«

Sabine: »Frauen sind in vieler Hinsicht die Besseren.«

Rollo: »Warum gibt es also keine Zeitungen, die ausschließlich Frauen beschäftigen, wenn selbige doch um so vieles besser wären?«

Sabine: »Weil die Männer ihre Pfründe verteidigen wie die Neandertaler ihre dreckige Höhle. Außerdem ist das nur eine Frage der Zeit, aber auch unabwendbar.«

Rollo: »Wir hören einen Radiobericht in Echtzeit aus dem Hauptquartier der Suffragetten-Schwesternschaft.«

Sabine: »In Wahrheit hängt doch jetzt schon jeder Mann am Gängelband einer Frau.«

Rollo: »Ich erhebe mein Glas darauf, dass die Schreckensvision einer verweibischten Welt niemals Realität werden möge!«

Sabine: »Und ich erhebe mein Glas auf das Ende der Primatenherrschaft.«

So lief das immer ab. Wie ein *perpetuum mobile*. Zum Glück hatten am Ende wenigstens immer alle etwas, worauf sie ruhigen Gewissens trinken konnten.

Ich weiß ehrlich nicht, was die Leute hatten, ich fand Feminismus unterhaltsam.

»Spät kommst du tatsächlich, daran werde ich mich nie gewöhnen, obwohl es ständig passiert«, mahnte ich Sabine, nachdem Rollo sich zu einer Runde Billard hatte überreden lassen, was zweifellos ein Fehler war, denn beim Einlochen war Poidl kaum zu schlagen.

»Ich weiß, aber es ist nicht so einfach für mich, mitten in der Woche pünktlich zu kommen. Die Zeitung schreibt sich nicht von alleine. Du nimmst immer das Musikerdasein als Maßstab, aber manche Menschen arbeiten hart und lange für ihren Lebensunterhalt. Warum feierst du eigentlich heute, an einem Dienstag, und nicht am Wochenende?«, rechtfertigte sie sich nicht ungeschickt.

Darin hatte sie ja auch Übung.

»Das war nicht meine Idee, ich bin auch nur Gast auf meinem eigenen Fest, aber andererseits ist mein Geburtstag nun mal heute«, stellte ich klar.

»Wissen auch schon alle Anwesenden, wer – gemeinsam mit dir – ebenfalls am 16. April Geburtstag hat?«

»Sogar derselbe Jahrgang«, flüsterte ich.

Sabines Grinsen drohte ihr schmales Gesicht zu sprengen.

»Los, sag es!« Doch noch zierte ich mich.

»Sag es, ich weiß, dass du es sagen willst! Tu es!«, trieb sie mich scherzhaft an, bis ich endlich resignierte und es aus mir herausplatzte.

»Charlie Chaplin hat heute mit mir Geburtstag!«, schrie ich aus Leibeskräften in den Raum und erntete dafür ein gelangweiltes »Wissen wir!« im Chor.

»So, jetzt ist mir wohler.« Sabine gab sich zufrieden und nahm einen kräftigen Schluck aus dem Bierhumpen, der plötzlich vor ihr stand.

»Was ist eigentlich aus deiner Komponistenkarriere geworden, Wahni? Ich habe schon ewig nichts mehr von dir gehört.«

Schlagartig fand ich ihre Direktheit absolut nicht mehr unterhaltsam.

Das war mein wunder Punkt: meine unvollendete Oper »Wieland, der Schmied«.

Und zur schlichten Katastrophe machte es der Umstand, dass die Vollendung meines *opus summum* noch nicht einmal in weitester Ferne erkennbar war. In Wahrheit hatte mir bereits nach wenigen Takten der Ouvertüre die schrecklichste aller Schreibblockaden die Feder entwunden und so meinen erklärten Geniestreich bis heute verhindert. Nicht einmal ein winziges Streichquartett oder simples Bläsertrio wollte mir gelingen, solange die Oper noch in Fragmenten lag. Und so war ich verdammt, hilflos zusehen zu müssen, wie sich in der Zwischenzeit die Mittelmäßigen die Kunstwelt unter sich aufteilten und Individuen wie der unselige Richard Strauss und die noch unsäglichere Schar von wertlosen Operettenschreiberlingen à la Benatzky und Konsorten an meiner statt an den Opernhäusern quer durch Europa brillieren durften.

»Diese Geschichten aus der Märchenwelt hat doch der alte Wagner schon zur Genüge abgegrast, das interessiert doch heutzutage kein Schwein mehr. Weißt du, warum unser Richard den ›Wieland‹ nicht selbst komponiert hat? Weil er gestorben ist, ehe er in seinem Sagenbuch bei *W* angelangt war. Das war der einzige Grund. Und du willst sicher nicht als Wagner-Epigone enden, oder? Also wirf den germanischen Handwerker in die Ecke und nutze dein Talent für eine moderne Komposition. Ein Stück mit Sex und Maschinen, Niedertracht und echtem Leben anstelle dieses ewigen Liebes-Singsangs und Mythen-Muffs aus längst vergangenen Zeiten«, trieb sie den Stachel des Versagens immer tiefer in meine waidwunde Seele.

»Du trittst ewige Werte mit Füßen.« Halblaut startete ich meine Verteidigung.

»›Ewig‹ bedeutet nur, dass der Kram schon sehr alt ist. Alt und überholt. Von der Realität ausgemustert und nutzlos geworden.« Sabine schenkte mir kein Gehör.

»Wo sind denn deine moralischen Bedenken bei den Arrangements zu den Liedern von *Grammofox*? Du wirst gar nicht müde zu betonen, dass erst deine geniale Instrumentierung jedes banale Liedchen in ein Kleinod zu verwandeln vermag, dabei liegt das *Alte* im konkreten Fall oft erst zwei, drei oder vielleicht fünf Jahre zurück. Was spricht angesichts dieser Fakten also noch gegen eine grundlegende Erneuerung des Musiktheaters? Und wer, außer dir, wäre dazu in der Lage?«

Es fiel mir schwer, ihr zu widersprechen, besonders wenn sie mein Talent in den höchsten Tönen lobte. In diesem speziellen Fall erwies sich Rückzug als die beste Verteidigung. Dazu eignete sich am besten eine gefällige, sinnlose Plattitüde.

»Du vergleichst zwar Äpfel mit Birnen, aber irgendwie hast du auch recht.«

»Vergiss es, die Schubläden wollen nun mal mit Kunst gefüllt werden, das ist ein autonomer Reflex.« Blitzschnell hatte sie meine Strategie durchschaut.

Lächelnd winkte sie ab und prostete mir zu.

»Bei mir ein sehr stark ausgebildeter Reflex«, murmelte ich nachdenklich.

Sie zog mich näher zu sich heran, damit niemand die folgenden Worte hören konnte.

»Falls es dich tröstet: Mein großer Roman, mindestens so wegweisend für die Literatur des zwanzigsten Jahrhunderts wie dein ›Wieland‹ für die Musik unserer kulturlosen Epoche, harrt ebenfalls nach wie vor seiner Fortsetzung. Seit nunmehr beinahe zwei Jahren bin ich nicht über das erste Kapitel hinausgekommen.«

Nachdem sie meine Stimmung binnen Sekundenbruchteilen auf den Nullpunkt gesenkt hatte – eine hohe Kunst, die sie beherrschte wie keine andere –, stellte mir Sabine ihre Arbeitskollegin (das musste wörtlich genommen werden, denn außer ein paar moralisch fragwürdigen Vorzimmermadämchen hatte die *Berliner Morgenpost* kein weiteres weibliches Personal zu bieten) mit dem klangvollen Namen Greta vor, die sofort meine ungeteilte Aufmerksamkeit erregte.

Das blonde Pummelchen hätte zweifellos einen exzellenten Betthasen für mich abgegeben, zu meinem größten Bedauern war sie jedoch verheiratet und zu meinem blanken Entsetzen auch noch ihrem Mann treu. Ein lästiger Makel an jeder Frau, sofern sie nicht die meine war, und die nächste Enttäuschung des noch jungen Abends. Alkohol und belangloser Geschlechtsverkehr vermochten noch jeden sinnlosen Kummer zu betäuben, doch es war mir heute nicht vergönnt.

Rollo und Poidl hatten in der Zwischenzeit ihr Spiel beendet, leicht daran zu erkennen, dass Letzterer demonstrativ seinen Gewinn zählte, während Rollo grummelnd Richtung Tresen schwankte, wo er fast mit Micky kollidierte, der mit einem Satz kämpfte, der partout nicht seinen Mund verlassen wollte.

»Wo ist eigentlich dein Bruder, Björn, Bond oder Bert oder wie er heißt?«

Ich drehte betont langsam meinen Kopf in Mickys Richtung.

»Du hast ernsthaft geglaubt, mein Bruder wäre hier? Bei meiner Geburtstagsfeier?«

Sabine wirkte geradezu besorgt ob meiner hysterischen Lache.

»Da könnten dem alten Kapitalisten doch glatt drei oder vier Überstunden und im Katastrophenfall sogar acht bis neun Pfennige entgehen. Nein, nein, mein mäßig geliebter Bruder würde niemals seine heiß geliebte Börse für ein dermaßen banales Ereignis wie meinen vierzigsten Geburtstag im Stich lassen. Der Kurs für Schweinebäuche könnte schließlich unerwartet einbrechen, und dann brauchen wir *Super-Geldsack* vor Ort, um die Karre wieder aus dem Börsendreck zu ziehen. Ich schwöre euch, mein Bruder ist der festen Meinung, dass, wenn er nicht persönlich darüber wacht, die Welt aufhören würde, sich zu drehen«, ereiferte ich mich lautstark.

Poidl schmunzelte schelmisch. »Erinnert mich an meine Mutter.«

»Echt? Die Welt dreht sich? Da geht es ihr wie mir!«

Wie immer zog sich Micky elegant aus der Affäre.

Poidl fing den Taumelnden auf, auch er vermittelte den Eindruck, als versuchte er krampfhaft, sich an eine frühere Begebenheit zu erinnern.

»Dein Bruder heißt doch Bernd, oder? War da nicht einmal so eine verrückte Geschichte mit einem gestohlenen Portemonnaie?«

Ich holte tief Luft.

»Einmal ist ihm in einem unaufmerksamen Moment die Brieftasche abhandengekommen. Das war vielleicht ein Theater!«

Mazze hatte gerade einen hellen Moment und sprang auf den fahrenden Zug auf.

»Ich kann mich dunkel daran erinnern. Das passierte bei einem unserer Auftritte. Er war stockbesoffen, weil eine seiner Mätressen ihm gerade den Laufpass gegeben hatte, das war er nicht gewohnt, und da wusste er nicht mehr, ob er den Geldbeutel verloren hatte oder ob er ihm gestohlen worden war. Jedenfalls waren in Summe keine drei Mark in dem billigen Ding, aber Bernd trauerte den paar miesen Kröten noch wochenlang nach, als hätte man ihm eine ganze Mietskaserne geklaut.«

»*Trauer* beschreibt den Zustand, in dem er sich wochenlang befand, nicht im Mindesten«, korrigierte ich ihn.

»Vielmehr litt er noch Monate später an Phantomschmerzen in seiner linken Gesäßtasche, als hätte man ihm eine Arschbacke amputiert.«

Allgemeines Gelächter.

»Übrigens waren es zwei Mark und siebenunddreißig Pfennige. Mit diesen Zahlen weint er sich bis heute in den Schlaf.«

Über meinen Bruder abzulästern tat gut, nachdem ich kurioserweise den ganzen Abend damit verbracht hatte, mich und meine Ansichten zu verteidigen, aber große Geister hatten es eben noch nie leicht gehabt, schon gar nicht in Preußen. Enttäuscht war ich trotzdem, dass Bernd sich an meinem Jubeltag nicht hatte blicken lassen, obwohl es beileibe nicht die erste Nacht gewesen wäre, die er auf dem Feldbett in seinem Büro, mit dem Fernschreiber in Griffweite, zubrachte.

Das war wie eine Krankheit.

So besehen war mein Spott in jedem Fall berechtigt.

Mazze legte mir den Arm um die Schulter und rang sichtlich nach Worten, auch seine Zunge war im Laufe der Nacht ziemlich schwer geworden.

»Na, Wahni, wie gedenkst du dein letztes Lebensdrittel zuzubringen?«

»So wie das letzte Drittel …«, antwortete ich.

»Also besoffen!«, grölte Poidl.

»… aber ich hoffe auf vorzeitige Entlassung wegen guter Führung.«

Der letzte Scherz war den meisten Anwesenden schlicht und ergreifend zu hoch gewesen, zu derart fortgeschrittener Stunde eigentlich vergeudet.

»Ich meine das ernst«, fuhr ich unverdrossen fort.

»Die Arbeit mit *Grammofox* gefällt mir besser und macht mir mehr Spaß als alles, was davor gewesen sein mag. Der Proben- und Auftrittstrott hält mich zwar von Leben, Liebe und Familie fern – und Paules kreatives Buchführungstalent von jeglichem Reichtum –, aber das ist es mir wert. Also: Auf die beste Tanzkapelle Berlins und auf die nächsten zehn Jahre des ungebremsten Erfolges!«

»Jawohl, auf die Weltherrschaft!«, ergänzte Cora und turnte auf die Theke.

»Auf die Weltherrschaft des *Fox*!«, grölte die Kneipe und schwenkte die Humpen.

Flinker als ein Windhund bemächtigte sich Mazze des altersschwachen Klaviers (eigentlich war es ein bemitleidenswerter Klimperkasten) und intonierte geistesgegenwärtig »Was machst du mit dem Knie, lieber Hans?«, ein Schlager, mit dem wir schon weitaus größere Säle leer gespielt hatten.

Selbstredend konnte Cora diese Chance, sich in Szene zu setzen, nicht ungenutzt verstreichen lassen und legte im allgemeinen Gejohle gekonnt die erste Strophe auf den Tresen, ehe der leider allgemein wohlbekannte Refrain in einem schauderhaft vielstimmigen Chor durch die Wirtschaft schallte.

=Jabadamm-Jabadamm-Jabadamm =
Was machst du mit dem Knie, lieber Hans,
mit dem Knie, lieber Hans, beim Tanz?
Was lachst du? Tu' das nie, lieber Hans,
tu' das nie, lieber Hans, beim Tanz!
Warum wippst du mit den Schultern so sehr?
Und was hüpfst du wie ein Floh hin und her?
Und was machst du, ja, was machst du,
mit dem Knie, lieber Hans, beim Tanz?

Kaum war die letzte Dissonanz verklungen, trat Veronika erwartungsgemäß zur Verabschiedung an. Es wunderte mich, dass sie überhaupt so lange geblieben war. Veronikas frühzeitiges Ausscheiden aus jeder Art des privaten Vergnügens – zumindest was uns betraf – war legendär. Ich konnte mich an keine Gelegenheit erinnern, bei der sie nicht als Erste gegangen wäre. Das verstärkte beständig den Hauch von Mysterium, der ihr Privatleben umgab, was vermutlich auch der Grund dieses separatistischen Verhaltens war, und ließ die Frage aller Fragen ein weiteres Mal unbeantwortet: War sie eine Schlampe oder nicht?

Die unterschiedlichen Meinungen dazu hielten sich ungefähr die Waage.

Oftmals löst ja der erste Gast, der ein Fest verlässt, einen förmlichen Massenexodus aus, der dann sehr schnell das Ende der Feierlichkeiten bedeuten kann, aber bei der sprichwörtlichen Standfestigkeit meines Freundeskreises plagten mich derartige Sorgen in keinster Weise.

Ich sollte recht behalten.

Das Amüsement zu Ehren meines Eintritts in das fünfte Lebensjahrzehnt tobte ungebrochen bis in die frühen Morgenstunden. Wenigstens der Beginn desselbigen sollte mit Vergnügen verbunden sein, danach regierte sowieso nur noch blanke Ungewissheit und vermutlich Alterssenilität, die allerdings auch eine unschätzbare Gnade sein konnte.

Gemäß ihrem Wert für die bürgerliche Gesellschaft verließen mit fortschreitender Uhrzeit – und in diesbezüglich absteigender Reihenfolge – nach und nach alle Gäste das Überraschungsfest. Beseelt torkelten sie in die Nacht hinaus. Sogar Paule verließ mit dem letzten weiblichen Wesen im Schlepptau endlich das Lokal. Er würde uns zweifellos berichten, ob sie verzweifelt genug gewesen war, sich mit ihm einzulassen.

Auch Paule war kein guter Mensch. Der gute und wertvolle Mensch definiert sich nämlich dadurch, dass er morgens früh aufsteht und zielstrebig aus dem Haus geht, wohin auch immer. Wichtig ist es, diese Übung eben möglichst früh, möglichst regelmäßig, und zwingend unter Beobachtung der Nachbarn zu absolvieren. Von der morgendlichen Hetze erholt man sich den restlichen Tag lang durch wohlverdienten Büroschlaf im Amt. Keinesfalls darf man *dem lieben Gott den Tag stehlen*, obwohl ich den begründeten Verdacht hege, dass besagter Herr *Gott* – so lieb er auch sein mag – die meisten Tage ohne die geringste Gegenwehr freiwillig abtritt. Aber das nur am Rande.

Zum Glück galt oben genannter Ehrenkodex nur für geborene und überzeugte Preußen.

Poidl, als echter Wiener, der seine Kneipe exakt dann öffnete, wenn er die unstillbare Lust verspürte, Berlin mit typisch wienerischer Küche zu beglücken, und meine Wenigkeit, ihres Zeichens gebürtiger Rheinländer, deren Kalender nur Feiertage kennt, setzten da grundlegend andere Prioritäten und machten deshalb auch gemeinsam Sperrstunde im Morgengrauen.

Während Poidl sich dank der Einnahmen der vergangenen Nacht locker ein Taxi leisten konnte, beschloss ich, den Heimweg *per pedes* anzutreten. Es war kühl, und mein Mantel war mir offensichtlich abhandengekommen, also lief ich einfach schneller und machte mir warme Gedanken.

Ich fragte mich, ob heute eigentlich auch *echte* Berliner unter den Gästen gewesen waren, aber mir fielen beim besten Willen keine Verdächtigen ein. Quasi ein Treffen der *Beute-Berliner*. Ich lachte in mich hinein, das lenkte mich von der unablässig an mir emporkriechenden Kälte ab. Im Grunde verstand ich jeden Einzelnen, den es aus der Provinz in die Hauptstadt zog. Die Stadt glänzte zwar nicht durch Charme und Schönheit, aber wenigstens war hier was los! Die *echten* Berliner hatten sich vermutlich längst nach Potsdam abgesetzt, um endlich ihre Ruhe zu haben. Gründe für beides gab es wie Sand am Meer. Nicht jeder hatte das gleiche Pech wie ich, aus einer Gegend zu kommen, wo die Leute noch an

Gott glaubten, aber das war vor Jahren einer meiner Beweggründe gewesen, Köln zu verlassen. Und nicht der einzige!

Nur noch drei Straßen, dann war ich endlich da und konnte mich aufwärmen.

Bernd und ich bewohnten gemeinsam eine großzügig geschnittene Großbürgerwohnung in zentraler Lage. Bei genauerer Betrachtung besaß mein Bruder eine großzügig geschnittene Großbürgerwohnung in zentraler Lage und ließ mich mietfrei im ehemaligen Dienstbotentrakt wohnen, wodurch wir uns nur selten zu Gesicht bekamen, was wiederum die Harmonie unseres Zusammenlebens in hohem Maße förderte. Bernd war in der glücklichen Lage, sich eine derartig kostspielige Immobilie leisten zu können, weil er seit Jahren an der Börse arbeitete und spekulierte und dabei beträchtlichen Gewinn einstrich, ob legal oder illegal, danach habe ich nie gefragt. (Man denkt immer, in der eigenen Familie passiert so etwas nicht, doch plötzlich steht man fassungslos vor der bitteren Realität.)

Obwohl ich mich mit lediglich einem Fünftel der Wohnfläche meines Bruders begnügte und sehr dankbar dafür war, hatte ich immer noch nahezu doppelt so viel Wohnraum zur Verfügung als viele andere, so auch meine Kollegen Micky und Günther.

Micky, als ewiger und unbelehrbarer Pechvogel seit jeher der Frauenwelt verfallen und ständig auf der Suche nach der zukünftigen ehemaligen Frau Schmitz, hatten zwei Scheidungen und Unterhalt für drei Kinder an den Rand des Ruins gebracht, sodass er neben der Arbeit mit unserer Kapelle noch einen knechtischen Zweitberuf ausüben musste, um einigermaßen über die Runden zu kommen, während Günther, der Einzige aus unserer Truppe, den man dank abgeschlossener Berufsausbildung nicht ruhigen Gewissens als bürgerlichen Versager betrachten konnte, trotz Ehe und Kind schlicht und ergreifend das Musikerleben dem langweiligen Dasein als Lehrer vorzog. Das waren meine Jungs!

Beim dritten Versuch fand ich das Türschloss und schlich tunlichst geräuscharm durchs Treppenhaus, die neugierige Hexe unter uns musste nicht alles wissen. Auch die Wohnungstür war nach kurzem Kampf bezwungen, und ich schickte mich an, mich in meinen Teil der Wohnung zurückzuziehen.

Die weitgehend getrennten Räumlichkeiten bargen zahlreiche Vorteile, allen voran die Tatsache, dass ich mir die hirnlosen, verwöhnten Püppchen ersparte, die mein unstetes Bruderherz in regelmäßigen Abständen mitzubringen und hier zu vernaschen pflegte. Gelegentlich drang ein Streit an mein Ohr, weil eines der Sexobjekte nach vollzogenem Akt nicht schnell genug das Feld räumen wollte, aber das war durchaus zu ertragen.

Jetzt freute ich mich erst einmal auf mein Bett und eine ausgiebige Mütze voll Schlaf.

»Max, bist du das?«, dröhnte es plötzlich aus den Tiefen des Herrschaftsbereiches.

Beinahe hätte ich mir vor Schreck in die Hose gemacht. Ich dachte, die Wohnung wäre leer. Mit meinem Bruder hatte ich zu dieser Uhrzeit jedenfalls zuletzt gerechnet.

»Was von mir übrig ist«, antwortete ich wahrheitsgemäß und tastete mich vorwärts.

Bernd saß im abgedunkelten Esszimmer und hatte die Beine auf den Tisch gelegt, was sehr ungewöhnlich für ihn war. Vor ihm stand eine Flasche mit zwölf Jahre altem, sündteuerem Scotch. Sie war mein Geschenk zu seinem Vierzigsten gewesen, also war der edle Tropfen bei leicht getrübter Betrachtung jetzt siebzehn Jahre jung, was das Ganze noch ungewöhnlicher erscheinen ließ. Die alkoholischen Fehltritte meines Bruders konnte man an einer Hand abzählen, was in meinem Fall sehr schnell zu logistischen Problemen geführt hätte. Soweit ich das mit eingeschränktem Urteilsvermögen abschätzen konnte, hatte Bernd bereits drei Viertel des Whiskys erfolgreich vernichtet, damit war glasklar, dass etwas völlig Außergewöhnliches passiert sein musste.

»Mutter ist tot«, eröffnete er mir die Neuigkeit ohne Umschweife und leerte erneut das Glas.

Ein eigenartiges Gefühlsgemisch von Entsetzen, Erleichterung und Gleichgültigkeit ergriff Besitz von mir.

Ich wusste diese Nachricht und meine Reaktion auf sie einfach nicht einzuordnen.

»Das Telegramm kam heute Mittag, aber ich wollte dir deinen Geburtstag nicht verderben. Alles Gute übrigens«, lallte er und befüllte sein Glas neu.

Ich nickte dankend und bediente mich direkt an der Flasche.

»Wo war sie eigentlich die ganzen Jahre?«

»Keine Ahnung, gestorben ist sie in Bayern.«

»Was für ein Abstieg«, sinnierte ich und nahm einen kräftigen Schluck.

»Ist schon ein paar Wochen her. Die Beerdigung und der ganze Zinnober mit der Kirche sind längst erledigt, hat wohl so lange gedauert, bis sie uns ausfindig machen konnten, weil sie mittlerweile unter neuem Namen lebte. Hat offensichtlich einen Idioten gefunden. Also eine wiederverheiratete Rabenmutter, ist so was da unten nicht verboten?«, donnerte Bernd wutentbrannt und schleuderte sein Glas in die Ecke, wo es klirrend in unzählige Einzelteile zersplitterte.

»Schon vor Wochen, sagst du? Und trotzdem haben sie die Suche nicht aufgegeben, bis sie uns gefunden haben. Finde ich nobel.«

»Nobel? Du Naivling! Du hältst diese geldgierigen Geier für nobel? Die haben die Suche nach Mutters Erben – uns nämlich – nur deshalb nicht aufgegeben, weil irgendein Idiot – *Moi!* – ja den ganzen Scheiß bezahlen muss! Das war deren einzige Motivation: Geld! Geld! Geld! Und was gibt es für uns zu erben? Schulden!«

Verhaltene Kapitalismuskritik aus dem Mund meines Bruders – diesen Geburtstag würde ich gewiss niemals in meinem ganzen Leben vergessen.

»Jetzt sind wir offiziell Vollwaisen«, konstatierte er und schwankte in sein Zimmer.

»Inoffiziell waren wir das schon immer!«, rief ich ihm verbittert nach.

Lange noch starrte ich bei dem Versuch, mir ein paar schöne Erinnerungen wieder bewusst zu machen, gegen die weiße Wand, aber trotz größter Anstrengung vermochte ich nicht, das Gesicht meiner Mutter heraufzubeschwören. Lediglich eine Frau, die ihre minderjährigen Söhne im Stich gelassen hatte, nahm immer wieder Gestalt vor meinem geistigen Auge an.

Akt I

Brütende Hitze hatte die Stadt schon seit Wochen fest in ihrem Würgegriff. Für einen Kältemenschen wie mich war das die Hölle auf Erden. Außerdem gab es *per se* nichts Deprimierenderes als einen Sommertag in der Stadt. Alljährlich sehnte ich ab Mitte Mai schon wieder den Herbst herbei, doch der Sommer zeigte für gewöhnlich nicht die geringste Gnade.

Unausgeschlafen und verkatert quälte ich mich an diesem elenden, sonnendurchfluteten Feiertag bereits zu ungewohnt früher Stunde aus dem Bett, auf dem Programm stand nämlich einer der selten gewordenen Nachmittagsauftritte. Weitere Einzelheiten waren mir nicht bekannt, man durfte also gespannt sein. Alles, was ich wusste, war, dass ich um dreizehn Uhr abfahrbereit sein sollte und – entgegen sonstiger Gewohnheiten – direkt vor der Haustür abgeholt wurde.

Purer Komfort.

Schon seit Stunden wach – und quietschfidel in seinem geräumigen Drei-Sterne-Käfig umherspringend –, begrüßte mich das einzige Wesen auf diesem Planeten, das mich noch nie enttäuscht hatte: Hoppel, mein über alles geliebtes Zwergkaninchen. Eigentlich war er eher ein frecher und verwöhnter Lebensmittelvernichter, der mir buchstäblich die Haare vom Kopf fraß, aber gleichzeitig auch das liebevollste, verschmusteste Tier unter der Sonne. In den raren Stunden, die ich zu Hause verbrachte, diente ihm die ganze Wohnung als Auslauf, was er weidlich ausnutzte. Es war ein reines Vergnügen, ihm beim Umhertollen zuzusehen. Sein erklärter Lieblingsplatz allerdings war der direkt neben meinem, auf der rechten Seite des alten Sofas, während ich die linke Seite vorzog. Als geübtem Sofaspringer bereiteten ihm Auf- und Abstieg zu seinem favorisierten Ruhekissen auch keinerlei Probleme.

Gemeinsam lauschten wir dort oft der Musik aus dem Radiophon und dem hektischen Betrieb auf der Straße oder hielten einfach inne und verloren uns in der Unendlichkeit.

Es war schön, nicht alleine ins Leere blicken zu müssen.

Manchmal überholte mich die Wirklichkeit, war viel zu schnell für mich, und ich musste ihr hinterherlaufen, sie wieder einholen, was von Mal zu Mal beschwerlicher wurde. Je länger die Ruhephasen wurden, die ich brauchte, um mich von den Läufen gegen die Realität zu erholen, desto unsicherer wurde ich, ob ich den Wettkampf nicht bald schon verlieren könnte. Der Tag würde kommen, an dem ich die Wirklichkeit nicht mehr einholen würde. Und was dann?

Doch es war sinnlos, sich in trüben Gedanken zu verlieren, selbst Hoppels Gesichtsausdruck konnte ich entnehmen, dass er dafür kein Verständnis aufbrachte. Könnte er reden, hätte er mir garantiert gesagt, dass ich schon mächtig spät dran war und dementsprechend etwas Kohle auflegen sollte. Folgerichtig verzog ich mich ins Badezimmer, das Bernd nachträglich hatte einbauen lassen, um mit diesem Luxus vor seinen versnobten Arbeitskollegen prahlen zu können, machte mich salonfähig, versorgte das Kaninchen mit ausreichend Futter und wartete.

Pünktlich um eins läutete Paule an der Tür, den Rest der Truppe im Schlepptau.

Einen Konvoi aus drei Taxis hatte der gerissene Gauner heute für uns organisiert, wobei Micky und sein Lärminstrumentarium schon ein Fahrzeug komplett in Beschlag nahmen. Cora und mir oblag die Ehre, in seiner privaten Affenschaukel chauffiert zu werden. Irgendwie mochte ich diese Autos, diese größenwahnsinnigen Kutschen, obwohl ich felsenfest davon überzeugt war, dass sie für Normalsterbliche dauerhaft unerschwinglich bleiben würden. Ich genoss die Fahrt und ließ mir den Wind um die Nase wehen, das linderte meinen Kater. Zum Glück hatte Paules Gefährt kein Dach, sonst hätte meine Bassgeige keinen Platz gefunden.

»Wo findet das Konzert eigentlich statt?«, überschrie ich den Fahrtwind.

»Lass dich überraschen.«

Die Fahrt wollte und wollte nicht enden, und ehe wir uns versahen, hatten wir die Stadtgrenze hinter uns gelassen. Damit hatte ich nicht gerechnet. Cora erging es wahrscheinlich ebenso; da sie allerdings seit gut fünfundzwanzig Minuten tief und fest schlief – ich wollte gar nicht wissen, was sie letzte Nacht wieder getrieben hatte –, würde ich das wohl nie erfahren. Angesichts dieser Wand des Schweigens zog ich es vor, mich in mein Schicksal zu ergeben und die Dinge einfach auf mich zukommen zu lassen.

Für das gewöhnliche Volk war es wohl ein herrlicher Tag, doch mir brannte die Sonne langsam, aber sicher die Haut vom Gesicht. Zur Ablenkung zählte ich die Bäume der endlosen Allee, die wir seit geraumer Zeit durchfuhren. Bis zu diesem Moment waren es zweihundertsiebenundachtzig.

»Wir spielen heute ein Freiluftkonzert zu Ehren der deutschen Olympiasieger der Spiele von Amsterdam 1928.« Endlich ließ Paule die Katze aus dem Sack.

»Echt, letztes Jahr war eine Olympiade?« Cora gähnte verschlafen.

»Nein, die Olympiade ist jetzt, du verwechselst das mit den Olympischen Spielen, aber so ergeht es vielen«, verbesserte ich und erntete dafür einen strafenden Blick.

»Ich glaube nicht, dass nur die Sieger kommen. Wahrscheinlich wird jeder geehrt, der eine Medaille gewonnen hat. Und jeder von denen wird Verwandtschaft mitschleppen, rechnet also mit großem Bahnhof«, fuhr Paule unbeirrt fort.

»Wie viele von den lustigen Blechscheiben verteilen die denn so?« Cora ließ ihrer Abneigung gegen das Proletariatsvergnügen Sport freien Lauf.

»Warum erst jetzt?«, fühlte ich mich verpflichtet nachzuhaken.

»Haben die ein volles Jahr gebraucht, um aus Holland zurückzukommen?«

»Sportler sind nicht die Hellsten, vermutlich haben sie sich verlaufen«, gluckste Cora.

Paule hatte die Faxen nun endgültig dicke und schwieg verbissen, während er sich an seinem Sportlenkrad, das unter Garantie *Grammofox* finanziert hatte, derart festklammerte, dass seine Fingerknöchel weiß hervortraten.

Als musikalisch Verantwortlicher konnte ich auf Paules Befindlichkeiten allerdings keine Rücksicht nehmen, außerdem war er an Breitseiten aus meiner Richtung sowieso gewöhnt.

»Wie hast du dir denn das so vorgestellt, großer Organisator?«, lederte ich los.

»Ich habe mit einem stinknormalen Nachmittagsauftritt, einer Art Kurkonzert für halb tote Mumien gerechnet. Ohne programmatische Vorgaben. Wir haben überhaupt keine sporttauglichen Lieder im Repertoire. Was sollen wir dem Pack vorsetzen?«

Cora unterstützte mich mit dem fragendsten Blick aller Zeiten.

Paule lächelte zufrieden, also konnte man davon ausgehen, dass er heute wieder einmal einen stattlichen Batzen Geld mit uns verdienen würde.

»So, wir sind da!« Mit gewohnter Präzision würgte er die für ihn unangenehme Diskussion ab und bremste scharf. Cora konnte nur mühsam verhindern, gegen die Frontscheibe zu prallen, während mein Kontrabass krachend auf Paules Kopf donnerte.

Nun war es an mir, zufrieden zu lächeln, einfach so.

»Alles in Ordnung, das Instrument hat keinen Schaden genommen«, beruhigte ich die Umstehenden und hüpfte aus dem Auto, ohne Paule, der sich intensiv den Hinterkopf massierte, großartig zu beachten. Sogar Cora schleppte sich schwerfällig aus dem Fahrzeug. So alt konnte eine junge Frau sein. Alles nur eine Frage des Exzesses. Es war an der Zeit, den Rest der Truppe über unsere missliche Lage zu informieren. Sie trugen es mit Fassung. In Wahrheit war es ihnen völlig gleichgültig.

Paule hatte in der Zwischenzeit das restliche Gepäck aus seinem Vehikel gewuchtet.

»Tja, Leute, damit ist mein Beitrag geleistet. Für euren Rücktransport ist gesorgt, die Abrechnung erledigen wir – wie immer – bei unserem nächsten Treffen.«

Sprach's und entschwand mit quietschenden Reifen.

Da standen wir also: sechs Verrückte mit ihren Instrumenten in der Einöde.

»Hallo, ihr Musikantenpack, die Kavallerie ist da.«

Willi Silberberg, gleichermaßen talentierter Flötist wie genialer Geschäftsmann und Geldverleiher – »Ich bin eben ein echter Jude«, pflegte er sich vorzustellen –, hatte sich mit zwei weiteren Kollegen für Trompete und Posaune unbemerkt aus dem Hinterhalt herangepirscht.

Damit waren wir neun Verrückte am Ende der Welt.

»Was guckst du so überrascht, Wahni? Hat dir Paule nicht gesagt, dass heute in vergrößerter Besetzung aufgespielt wird?« Willi deutete meinen verdutzten Gesichtsausdruck goldrichtig.

»So ein winziges Detail kann schon mal verloren gehen.« Ich winkte lachend ab.

Wenigstens war das eine angenehme Überraschung. Ich spielte gerne mit Willi.

Nach einem kurzen Fußmarsch durch Dickicht und Unterholz erwartete uns auf einer riesigen Lichtung jedoch erst die wahre Überraschung des Tages.

Mitten im Wald war eine gigantische Bühne errichtet worden, die jedes Musikerherz höherschlagen ließ. Sogar einen Konzertflügel hatte man in die Wildnis herausgeschleppt. Ich sah zu Mazze, seine Augen leuchteten.

»Seid ihr die Musik?«

Auftritt: der obligatorische Wichtigtuer – fixer Bestandteil eines jeden Auftritts. Was solche Typen betraf, galt ich landauf, landab als unangefochtener Idiotenmagnet. Auch heute sollten mich meine speziellen Fähigkeiten auf diesem Gebiet nicht enttäuschen. Wir folgten besagtem Wichtigtuer also auf die Bühne, wo er uns – während er mir mit sonorer Stimme permanent die Welt und das Leben zu erklären versuchte – einen erschreckend winzigen Teil des Riesenpodestes zuteilte, um dort unsere Instrumente aufzubauen. Zusätzlich war der Bereich mit einem niedrigen Zaun gesichert, quasi eine Art Musikerpferch.

»Wenn ihr mit dem Aufbau fertig seid, bekommt ihr weitere Instruktionen.«

Wäre ich je beim Militär gewesen, hätte ich bei diesem herzlichen Ton vermutlich den Drang verspürt, zu salutieren und kräftig die Hacken zusammenzuschlagen, aber zum Glück war mir der zutiefst verhasste Kriegsdienst dank einer kurzen Liaison mit einer Krankenschwester, die mir zur rechten Zeit die richtigen Substanzen verabreichte, um bei der Stellung mit Pauken und Trompeten durchzufallen, erspart geblieben. Deshalb war ich im Moment einfach nur froh darüber, dass der Wichtigtuer meinen Horizont verließ. Ratlosigkeit machte sich breit.

»Haben die Angst, dass wir ausbrechen wollen?«, ätzte Cora und trat gegen die lächerliche Umzäunung des Pferchs, wie wir die Briefmarke, auf der wir spielen sollten, ab diesem Zeitpunkt nannten.

»Damit wir die feinen Pinkel nicht stören«, legte Micky sauer nach.

»Da haben sie aber nicht mit mir gerechnet«, stellte Günther trocken fest, für dessen überlange Beine das Zäunchen kein ernst zu nehmendes Hindernis darstellte.

Dankbar nahm der Rest der Kapelle die folgende Demonstration zum Anlass, sich den aufkeimenden Frust wieder von der Seele zu lachen.

»Nützt sowieso alles nichts, engagiert sind wir nun mal, und unsere Instrumente bauen sich nicht von selbst auf«, ermunterte ich vor allem Micky, der wie gewohnt vor einem unübersichtlichen Trommel- und Beckenhaufen stand, zum Weitermachen.

Wider Erwarten hatte ich damit sogar Erfolg, und während Cora – ganz unweiblich und selbst auf die Gefahr hin, dass ihr Bubikopf darunter leiden könnte – ordentlich zupackte, lehnte Veronika gelangweilt im Schatten der Bühnenkonstruktion und wartete. Für niedere Arbeiten war ihr die Gage nicht hoch genug, hatte sie uns vor ihrem Streikantritt noch aufgeklärt. Wie immer waren wir aufrichtig dankbar, dass zumindest Veronika den materiellen Durchblick behielt.

Ich konnte und wollte mich gar nicht entsinnen, wie oft wir schon wegen des leidigen Geldes, dessen Besitz ihr offensichtlich erheblich mehr bedeutete als uns anderen, aneinandergeraten waren. Trotz dieses moralischen Defizits stand sie dennoch immer loyal zu *Grammofox*, wenn es der Ernst der Lage gebot, weshalb auch niemand in der Kapelle sie missen wollte. Rätselhaft erschien nur, was sie selbst noch bewegte, bei uns zu bleiben, wenn man sich ihre harsche Kritik über die finanzielle Lage und die Führung der Truppe in Ruhe vor Augen führte.

Generell war ihre Beziehung zum Klangkörper *Grammofox* – zu den einzelnen Mitgliedern hatte sie nämlich keine – bestenfalls als ambivalent, manchmal auch als undurchsichtig zu beschreiben. An Paule ließ sie konsequenterweise auch kein gutes Haar, was noch am ehesten nachvollziehbar war. Die kontinuierlich immer länger werdenden Perioden, in denen sie für gemeinsame Auftritte nicht zur Verfügung stand, nährten zusätzlich den Verdacht, dass sie nebenbei ihr eigenes Süppchen kochte, wie immer dieses auch schmecken mochte. Vielleicht war ja das eine Brühe, bei der im Gegensatz zu unserer Kapelle *alle Möglichkeiten ausgeschöpft würden*, wie sie immer wieder betonte. Ein Süppchen, das ihr hoffentlich mundete, falls sie uns irgendwann verlassen sollte, woran niemand zweifelte. Nur der exakte Zeitpunkt war ungewiss. Folgerichtig harrten wir der Überraschungen, die da noch auf uns warteten. Oder um es mit Günthers Worten zu sagen: »Solange sie pünktlich ist und gut spielt, ist mir der Rest scheißegal!«

Für mich als notorisch neugierigen Menschen wäre es trotzdem interessant gewesen, zu erfahren, ob sie im Privatleben auch so ein Besserwisser war wie uns gegenüber, doch das sollte vermutlich auf ewig ein Geheimnis bleiben.

Ohne Veronika und unter der wachsamen Aufsicht des Wichtigtuers (innerlich nannte ich ihn Heinrich, doch das zu erklären, würde jetzt zu weit führen) beendeten wir den Aufbau und erhielten prompt die versprochenen Anweisungen.

»Sobald die wichtigen Persönlichkeiten auf die Bühne kommen, spielt ihr dezente Hintergrundmusik. Irgendetwas, das passt, aber nicht stört. Am besten eine Instrumentalkomposition, ein Lied ohne Gesang. Gesang lenkt zu sehr von den Honoratioren ab, das darf nicht passieren. Aber passend muss es sein.«

Coras Miene verfinsterte sich im Sekundentakt, während parallel dazu Heinrich sich zusehends in den Klang seiner eigenen Stimme verliebte.

»Würde es stören, wenn wir nach Hause gehen?« Meinen Einwurf ignorierte er.

»Auf mein Zeichen setzt ihr dann mit einem gesungenen Lied ein. Etwas Passendes. Am besten eine Nummer mit Sportbezug«, sagte er noch und ging.

»Davon haben wir massenhaft«, rief ich ihm von der Bühne hinterher, aber Heinrich war schon wieder viel zu beschäftigt damit, sich in bedeutende Posen zu schwingen.

In der Zwischenzeit hatten sich auch die Zuschauerbänke gefüllt. Ich war nie ein Ass im Schätzen gewesen, aber so vierhundert oder fünfhundert werden es wohl gewesen sein. Vielleicht auch mehr. Auf alle Fälle eine ganze Menge an Zuhörern. Nervosität keimte auf.

Ich entschied mich für den Instrumentalklassiker »Whispering« als Eröffnungsnummer. Gerade in der großen Besetzung war das Stück extrem dankbar für Improvisationen quer durch alle Instrumente. Das hemmungslos ausschweifende Thema erleichterte es uns außerdem, das Lied bei Bedarf beliebig in die Länge zu ziehen, was bei einem derartigen Almauftrieb an Schwellköpfen nur von Nutzen sein konnte. Die Bühne füllte sich besorgniserregend. Kein Wunder, dass man uns in weiser Voraussicht in den Pferch gesperrt hatte, andernfalls wären wir wohl vom Podest gedrängt worden.

So sahen also Olympiasieger aus. Ich hatte sie mir eindrucksvoller vorgestellt. Irgendwie prächtiger. Bedeutender. Bei genauem Hinsehen standen da doch nur Hinz und Kunz mit einem Metallplättchen um den Hals. Ich war aufrichtig enttäuscht.

»Der kleine Schnösel dort ist sicher ein Reiter«, flüsterte mir Micky ins Ohr.

»Snobs lieben die Reiterei, weil sie glauben, dass sie wenigstens dem Pferd geistig überlegen sind«, flüsterte ich zurück. »Außerdem wirken sie dann größer.«

»Pferde haben aber bedeutend weniger Inzest hinter sich als diese überflüssige Adelsmischpoche«, zischte Mazze ungewohnt aggressiv. So kannte ich ihn gar nicht.

Willi lieferte gerade ein herrliches Flötensolo ab. Gefühlvoll und mit herrlichem Ton. Zöge er nicht so manches Trinkgelage der einen oder anderen Übungseinheit vor, hätte er wohl längst einen festen Platz in einem renommierten Symphonieorchester ergattert, doch ich beklagte mich nicht, ich hatte ihn lieber an meiner Seite, in meiner Kapelle. Auch er klagte nie.

Cora machte gute Miene zum bösen Spiel und verging sich mehr schlecht als recht an der Ukulele, deren Malträtierung sie sich selbst beigebracht hatte, um bei instrumentalen Einlagen nicht nur als hübsche Dekoration auf der Bühne herumzulungern. Zu einem Solo als Nachweis ihrer autodidaktischen Fertigkeiten konnte ich sie bisher allerdings nicht überreden.

Der Menschenstrom wollte nicht versiegen, und »Whispering« lief und lief. Schon seit Jahren plädierte ich dafür, die populäre Melodie mit einem deutschen Text zu unterlegen, fand aber nur in Veronika eine Anhängerin der Idee, weil sie meinte, damit könnte man massenhaft Geld verdienen. Förmlich bekniet hatte ich Sabine, dass sie – als Schreibgewandte – sich vom schnöden Journalismus in den Olymp der Kunst aufschwingen und die passenden Worte finden möge, aber sie traute sich diesen Sprung auf der Karriereleiter (noch) nicht zu. Von diesem mangelnden Selbstvertrauen konnte auch ihr ewiges Romanfragment ein trauriges Lied singen, doch in letzter Konsequenz konnte ich sie nicht zu ihrem Glück zwingen. Schlüpfrig, mehrdeutig, leicht anrüchig, so schwebte mir die neue Fassung vor, aber ich vermochte keine potenziellen Verbündeten für dieses Vorhaben zu begeistern. Dieser Mangel an Entschlusskraft, dieses permanente Zögern, erschien geradezu prädestiniert dazu, dass über kurz oder lang irgendein Kommerzler mir zuvorkommen und diese brillante Idee zum Zweck der reinen Geldmacherei umsetzen würde – und ich würde wieder einmal durch die Finger schauen.

Aber sollte das jemals eintreffen, dann gnade Gott den Verhinderern!

Heinrich gab das vereinbarte Zeichen, und »Whispering« fand sein wohlverdientes Ende.

Es folgte eine schier endlose Abfolge an weihevollen Reden, angesiedelt irgendwo zwischen irrationalem Nationalstolz, als hätte jeder im Publikum den Sieg persönlich davongetragen, und dem Versuch der anwesenden Dorfkaiser, die erfolgreichen Sportfreunde zu Bürgern ihres jeweiligen Nestes zu machen, weil sie dort vielleicht einmal zufällig an den Straßenrand gepinkelt hatten. Da jeder Sport außer Eishockey – und damit stand ich erst recht völlig alleine da – bei mir den Stellenwert eines ausgedehnten Kirchenbesuches hatte, kannte ich keinen einzigen der siegreichen Olympioniken, was mich nicht weiter störte.

Waren sowieso alles bornierte Schnösel. Das sah man auf den ersten Blick.

Tapfer ertrugen wir die uns zugedachte Rolle als Pausenclowns.

Genervt vom Dauergequatsche freuten wir uns wie eine Schulklasse am Stundenende darüber, dass wir endlich wieder ein Lied spielen durften, während die Oberen sich nach getaner Nichtarbeit am Champagner labten.

Dieses Mal durfte sogar gesungen werden.

Die Wahl fiel auf den alterprobten Shimmy »Wo hast du nur die schönen blauen Augen her?«, eigentlich eine sichere Bank, wenn es galt, eine träge Zuhörerschaft für sich zu gewinnen, und Cora legte sich auch gleich mächtig ins Zeug. Sie bemühte sich redlich um Aufmerksamkeit und zog alle Register ihrer stimmlichen und erotischen Überzeugungskraft, doch gegen die Übermacht aus rohen Fischeiern und perlendem Schaumwein hatte sie nicht den Hauch einer Chance.

Kein Schwein interessierte sich dafür, was wir in unserem Pferch anstellten.

»Die hätten besser eine Nackttänzerin wie diese Anita Berber engagiert, vielleicht wären dann ein paar verstohlene Blicke für die Künstler abgefallen«, giftete Cora zwischen zwei Strophen.

Ich bezweifelte allerdings, dass nackte Tatsachen hier irgendetwas geändert hätten, so offenkundig begeistert und überwältigt, wie dieses elitäre Grüppchen von seiner eigenen Genialität war. Zu allem Überfluss hätten wir die Berberin zu diesem Zweck wohl auch noch ausbuddeln müssen, denn ich war fast sicher, dass sie letztes Jahr das Zeitliche gesegnet hatte. Und das mit nicht einmal dreißig Jahren. Ewig schade um das billige Stück!

»Die nächste Nummer kann Veronikas Bruder auf der Mundharmonika blasen, dann nervt sie uns wenigstens nicht weiter. Außerdem ist es sowieso völlig egal, was wir hier anstellen. Mich können die mal …« Cora machte kein Hehl aus ihrer Verzweiflung und sprang leichtfüßig aus dem Pferch und von der Bühne.

Veronikas Bruder? Stimmt, den hatte ich total vergessen. Nicht einmal seinen Namen hatte ich behalten, so eine unauffällige Erscheinung war er, aber in der Tat lag uns Veronika schon seit den Morgenstunden in den Ohren, ihn heute endlich einmal als Gastmusiker auftreten zu lassen. Ich hatte nach wie vor schwerste Bedenken, aber auf der anderen Seite schien in der Tat alles egal zu sein. Widerwillig stimmte ich zu. Auf einen Wink seiner Schwester hin löste er sich aus dem Schatten des Baumes, mit dem er bereits den gesamten Tag hinweg förmlich verschmolzen zu sein schien, und positionierte sich am äußersten Rand des Pferchs.

»Was willst du spielen?«, flüsterte ich ihm halblaut zu.

Keine Reaktion.

»Schlag ein Lied vor, das du spielen willst.«

Keine Reaktion.

»Spielen! Du! Jetzt! Was?«

Achselzucken.

Der Knabe machte mich wahnsinnig.

Veronika quittierte ihrerseits meinen vorwurfsvollen Gesichtsausdruck nur mit einem verlegenen Heben der Schultern. Das lag wohl in der Familie.

Da es im allgemeinen Tumult keinen Unterschied machte, ob wir spielten oder nicht, nahm ich die längere Pause in Kauf und versuchte, durch mehrere Liedvorschläge auf einen grünen Zweig zu kommen, was nicht gelang. Einen simplen Blues, der sich jenseits des *Großen Teiches* stetig steigender Beliebtheit erfreute, zu spielen, lehnte ich ab. Schließlich war ich nicht Musiker geworden, um mein restliches Leben an drei läppische Akkorde zu vergeuden. Nach dem Scheitern der Verhandlungen wählte ich »Wie kommt der Lippenstift in Lehmanns Unterbett?« für das Mundharmonika-Experiment und verteilte die entsprechenden Noten. Die Nummer war landläufig bekannt, harmonisch nicht zu kompliziert, (von mir) effektvoll arrangiert und generell mit einem schmuddeligen Stigma behaftet, also der perfekte Kandidat.

Die folgenden zweieinhalb Minuten werde ich mein gesamtes Leben lang nicht vergessen, denn entgegen meinen zahlreichen Vorbehalten geriet unser stilverbindender Versuch nicht zum befürchteten Tanz auf der Rasierklinge – sondern zum totalen Desaster.

Es würde zu weit führen, ins Detail zu gehen, zusammenfassend konnte man sagen: Absolut nichts funktionierte! Diese vermaledeite Blechhupe schaffte es sogar, uns, die wir die Nummer eigentlich im Schlaf beherrschten, aus dem Konzept zu bringen. Nur die Schweinsohren der Anwesenden retteten uns vor einem Lynchmob.

Veronika und ihr Bruder hingegen zeigten sich zufrieden und regten eine Zugabe an, die ich dankend ablehnte. Einige Wochen später traf ich den Bruder zufällig in einem Lokal, wo er mir unter massivem Alkoholeinfluss gestand, dass er nicht eine einzige Nummer aus unserem Programm kannte, keine Noten lesen konnte und den Auftritt mit uns in vollen Zügen genossen hatte. Auch nach stundenlangem Monologisieren und Theoretisieren konnte oder wollte er mir die Frage nicht beantworten, ob der sogenannte *Delta-Blues* nun aus Griechenland kam oder nicht, aber das ist eine völlig andere Geschichte.

Nachdem Cora nicht dazu zu bewegen war, wieder ins Geschehen einzugreifen, und sich standhaft weigerte, in den Pferch zurückzukehren (»Der Blitz soll die alle beim Scheißen treffen!«), nutzte Willi die Gunst der Stunde und funktionierte das verlangte Hintergrundgeplätscher kurzerhand in ein Konzert für Flöte und Tanzkapelle um, womit er mir eine zentnerschwere Last von den Schultern nahm.

Nach drei endlosen Stunden hatten wir unseren – von den prominenten Gästen weitgehend ignorierten – Strafdienst absolviert. Ich bedankte mich bei Willi für die Rettung meiner Nerven und bei den Gastmusikern an Trompete und Posaune für das hervorragende Spiel, auch wenn es heute leider nicht mehr als die sprichwörtlichen Perlen vor die Säue gewesen waren.

Veronikas Bruder stand längst wieder in seinem angestammten Baumschatten und bewegte sich nicht. Die Szenerie hatte etwas Gespenstisches. Ich beschloss, mir darüber weder länger den Kopf zu zerbrechen noch diesen Zustand ändern zu wollen. Vielmehr trieb ich den zügigen Abbau des Instrumentariums voran, denn hier gab es wahrlich nichts, das mich länger als unbedingt nötig zu halten vermochte. Jedes Mal, wenn ich Willi dabei beobachtete, wie er in weniger als einer Minute seine Flöte zerlegt und das handliche Etui in seinem Gehrock verstaut hatte, während ich mich Tag für Tag mit diesem riesigen Bassgeigenmonster abschleppte, packte mich der blanke Instrumentenneid.

Endlich waren alle abmarschbereit.

»Ihr seid eine feine Truppe.«

Erschrocken wirbelte ich herum. Einer der hohen Würdenträger ließ sich tatsächlich in die Niederungen der Musikantenwelt herab. Die Aussage über unsere Kapelle musste ich freilich erst genauer zuordnen. Hörte ich da zarten Sarkasmus?

»Ich kenne *Grammofox* schon länger, von einem Abend im Savoy.«

Das erklärte so ziemlich alles. Der Auftritt im Hotel Savoy zählte nach wie vor zu unseren größten Erfolgen überhaupt. Ein herrlicher Abend! Ich fasste Vertrauen.

»Sind Sie ein Olympiasieger?«

Die naive Frage kostete ihn nur ein müdes Lächeln.

»Bei den Olympischen Spielen sind Gold- und Silbermedaillen für die Sorte Mensch reserviert, die schon mit einem goldenen oder silbernen Löffel im Mund zur Welt gekommen ist. Für

Arbeiterkinder wie mich bleibt da nur Bronze als das höchste der geduldeten Gefühle. Und genau dieses Gefühl habe ich mir gegönnt.«

Der einzige Lichtblick des verkorksten Nachmittags prostete mir zu, und ich erwiderte den Gruß. Mit diesem minimal versöhnlichen Ende im Kopf schleppten wir unsere halbe Musikalienhandlung wieder durch den Wald zurück zum vereinbarten Treffpunkt, wo wie versprochen auch schon die Taxiflotte für unseren Abtransport bereitstand.

Diesbezüglich konnte man sich auf Paules Wort verlassen: Für unser Geld war ihm nichts zu teuer!

Ich beförderte den Kontrabass in die erste Taxe in der Reihe und lud Cora zum Mitfahren ein.

»Danke, aber heute haben wir nicht das gleiche Ziel, Wahni. Nach diesem Debakel muss ich mehr Dampf ablassen, als du wissen willst. Das ist nichts für zartbesaitete Seelen«, knurrte sie und raste mit einem der anderen Wagen davon.

»Der möchte ich später nicht im Dunkeln begegnen«, konstatierte Willi und stieg wie selbstverständlich zu meiner Bassgeige ins Auto.

»Das siehst du falsch: Später hat sie sich abreagiert und ist friedlich – jetzt ist sie brandgefährlich.«

»Deshalb habe ich mich auch gehütet, ihr zu widersprechen.« Willi nickte bestätigend.

»Zum Poidl?«

»Geschlossen, ist auf Heimaturlaub.«

»Zu Icke?«

»Gute Idee, den muss ich ohnehin noch gnädig stimmen, weil ich meinen Geburtstag nicht bei ihm gefeiert habe. Darüber schmollt er immer noch.«

»Wir werden ihn mit einer fulminanten Zeche zufriedenstellen, das funktioniert bei Wirten immer, aber essen solltest du nichts, er mischt nämlich abenteuerlich viel Salz in die Speisen, damit die Gäste mehr Bier konsumieren.«

Ich musste schmunzeln. Mir war nicht bewusst gewesen, dass der Salz-Trick allgemein bekannt war, aber das passte perfekt zu meinem alten und besten Freund: Gero von Doritsch, genannt *Icke*, Kneipenwirt, Faktotum, Virtuose am Bierglas, Geldvernichter (hatte binnen kürzester Zeit ein beachtliches Erbe durchgebracht und trauerte dem früheren Wohlstand seither hemmungslos nach), zügelloser Angeber, notorischer Frauenheld, Verhinderer von *Grammofox*-Auftritten in seinem Lokal, weil er Angst hat, die Leute würden dann weniger konsumieren und mehr zuhören, verlässlicher Zechkumpan, treuer Wegbegleiter durch sämtliche Höhen und Tiefen.

Kurz: ein echter Berliner, was er nicht müde wurde zu betonen.

»Salz wird bei uns nicht nötig sein.« Ich freute mich, dass das noch eine verdammt lange Nacht werden würde.

Die Begrüßung fiel erwartet übertrieben aus. Ickes Willkommensritual – immer hart an der Grenze zum sexuellen Übergriff – war nicht zuletzt dank seiner unzähligen – und gleichmäßig über die Republik verteilten – Gespielinnen weit über die Grenzen Berlins hinaus legendär.

»Wie geht es dir, mein alter Freund, wir haben uns ja seit Ewigkeiten nicht mehr gesehen? Nicht mal an deinem Geburtstag, aber das ist eine andere Geschichte. Bist du deshalb so errötet? Oder liegt es doch an meiner sinnlichen Gegenwart?«, überschwemmte mich Icke bereits am Eingang mit einem für ihn typischen, nicht enden wollenden Redeschwall.

»Dieses spezielle Mal bist nicht du der Grund, sondern dieser verfluchte gelbe Punkt am Himmel, der eine der seltenen Gelegenheiten dazu schamlos ausgenutzt hat, um mir einen heftigen Sonnenbrand zu verpassen«, erwiderte ich gewohnt eloquent.

»Das passiert eben, wenn man nur an hohen Feiertagen das Haus auch tagsüber verlässt. Du wirst es nicht für möglich halten, aber Tageslicht und frische Luft sind bei Weitem nicht so gesundheitsschädlich, wie Fledermäuse deiner Art zu glauben pflegen«, lästerte er und zapfte verschlagen grinsend die ersten drei Biere.

Willi sondierte in der Zwischenzeit routiniert die Lage und machte mich auf ein zartes Persönchen, das einsam in einer der zahlreichen schummrigen Nischen des Etablissements auf sein Weinglas starrte, aufmerksam.

»Sag mal, hast du die nicht früher …?«, fragte er mit nasaler Stimme und unterstrich seine Worte mit der passenden Handbewegung.

»Du hast recht, alter Silberling.« Mit diesen Worten zollte ich seinen Adleraugen aufrichtigen Respekt, nachdem ich möglichst unauffällig genauer hingesehen hatte.

Irina Felski, bekannt arbeitsscheue Dauerstudentin von elterlichen Gnaden, hielt sich zusätzlich mit der gewissenhaften Dezimierung ihres großväterlichen Erbes über Wasser, verlässliche Kandidatin für spontane Krankheitsschübe vor anstehenden Prüfungsterminen und ebenso wundersame Akutheilungen nach Versäumen derselbigen, seit mittlerweile mindestens vier Jahren im Rang einer Verflossenen, wahrhaft nicht die große Liebe, aber willige Gefährtin für ein akzeptables halbes Jahr.

Ich überfiel sie ohne Vorwarnung. »Das muss ja Monate her sein.«

Irina zuckte heftig zusammen, als hätte ich sie beim Eierdiebstahl ertappt. Sie war so in Gedanken versunken gewesen, dass sie mich überhaupt nicht bemerkt hatte.

Äußerst schmeichelhaft.

Vermutlich dachte sie gerade angestrengt über eine Krankheit nach, die sie bis dato noch nicht vorgetäuscht hatte, schließlich neigte sich das Trimester seinem Ende zu.

»Wahni? Max? Du? Hier?«, stammelte sie entgeistert.

Bevor ich darauf reagieren konnte, hörte ich die nahezu identischen Worte mit durchaus vergleichbar schockiertem Unterton auch schon in meinem Rücken, wo zur allgemeinen Überraschung mein Bruder Bernd stand, vielmehr bedrohlich schwankte.

»Na, dann nutzen wir doch die Gunst der Stunde zu einem familiären Umtrunk.« Er zerrte mich von Irina weg, bevor ich ein weiteres Wort mit ihr wechseln konnte.

»Was machst du in einem Schuppen wie diesem, wo nicht einmal Champagner auf der Karte steht? Musst du für einen derartigen Fehltritt nicht vor deinen mondänen Freunden Rechenschaft ablegen und Buße tun? Wegen Fraternisierung mit den niederen Schichten oder so etwas Ähnlichem?«

Wie gewohnt schenkte Bernd meinen Worten keine wesentliche Beachtung und brach stattdessen mit Icke eine Diskussion über die Qualität der angebotenen Weinsorten vom Zaun. Da hatten sich die beiden richtigen Quatschköpfe gefunden. Ich nutzte die

Gelegenheit, um Irina, die nach meinem überraschenden Auftauchen und Bernds skurrilem Auftritt als Zugabe nunmehr völlig desorientiert wirkte, zu uns an den Tresen zu holen.

»Bei dem Fusel, der hier angeboten wird, bleiben wir besser beim Bier.«

Bernd ignorierte Irina auf ganzer Linie, was seltsam war, weil er sie aus der Zeit meiner Beziehung mit ihr kannte, und ließ zum Ausgleich noch ein paar Beleidigungen Richtung Icke vom Stapel, der gute Miene zum bösen Spiel machte. Ich kannte ihn gut genug, um zu wissen, dass er seit Minuten die Faust in der Tasche ballte, aber mir zuliebe auf eine unschöne Szene verzichtete. Willi, der meinen Bruder noch nie leiden konnte, zog sich unauffällig in eine der erwähnten Nischen zurück und beobachtete von dort das herandräuende Drama.

»Ich wiederhole meine Frage: Was machst du in dieser Wirtschaft? Einer meiner Wirtschaften. Du hast deine eigenen, das solltest du respektieren. Geldmenschen wie du sind hier ebenso willkommen wie Juden in einem Fußballverein.«

Ich warf Willi sofort einen entschuldigenden Blick zu, er nickte vergebend.

»Ich bin hier, damit auch deinesgleichen zumindest einen winzigen Einblick in das echte Leben abseits dessen, was ihr Arbeit nennt, gewinnen können.« Mit unvergleichlich arroganter Attitüde bereitete Bernd seine Bühne.

Alle Gäste blickten wahlweise gespannt oder angewidert auf seine massige Gestalt. Das war es, worauf er es von Anfang an angelegt hatte. Das liebte er, dafür lebte er. Ohne Aufmerksamkeit vertrocknete mein Bruder wie eine Primel im Wüstensand. Mir war dieser Zirkus sattsam bekannt, aber Irina wirkte merkwürdig betroffen, was ich mir nicht erklären konnte, während Willi gelangweilt noch ein Glas Wein orderte. Natürlich bestellte er den Tropfen, den Bernd zuvor am meisten gescholten hatte.

Vermutlich schmeckte er tatsächlich ekelhaft, aber Widerstand musste sein.

»Für die wenigen, die mich nicht kennen, ich bin Wertpapierhändler an der Börse.« Der selbst ernannte Messias des nicht versiegen wollenden Geldflusses eröffnete in oftmals erprobter Überheblichkeit seinen Vortrag und wandte sich direkt an sein privates Publikum, Ickes nicht zu beneidende Gäste, die vollkommen unschuldig zum Handkuss kamen.

»Hat jemand in dieser Kaschemme Aktien gezeichnet?«

Zwei Gäste hoben zu meiner Überraschung tatsächlich zögerlich die Hand.

»Mehr als erwartet, aber das ist auch nicht so wichtig«, dozierte Bernd munter weiter, während er sich den Bierschaum vom Mund wischte.

Sogar beim Saufen trieb ihn die Gier. Das war neu.

»All jenen, die glauben, dass Wertpapiere den tatsächlichen Gegenwert ihrer Investition darstellen, kann ich nur versichern: Ihr seid unermesslich dämlich! In Wahrheit sind fünfundneunzig Prozent der Bewegungen an der Börse – und das ist eine vorsichtige Schätzung – reine Luftgeschäfte, die nur einem einzigen Zweck dienen, nämlich die Investoren zu täuschen und die Händler immer wohlhabender zu machen. Wir können uns gar nicht genug an eurer Dummheit bereichern. Und weil diese Geschäfte zum Selbstzweck auch nur unseren eigenen Regeln unterliegen, können wir auch nie verlieren. Von Zeit zu Zeit halten wir die Aktionäre mit einer wohldosierten Gewinnausschüttung bei Laune, die in Relation zu den Profiten der Händler beinahe bemitleidenswert lächerlich ist, aber der vom Krämergeist beseelte Mob frisst selbst die winzigste Kröte und wird dadurch brav auf Linie gehalten.«

Bernd wirkte nun restlos enthusiasmiert. Sein Kopf war feuerrot angelaufen, so sehr hatte er sich in seine Ausführungen hineingesteigert. Während einer kurzen Redepause, in der er sein Mütchen mit einem mächtigen Schluck Bier zu kühlen versuchte, kam mir in den Sinn, ob der Umstand, dass er sich dermaßen gottgleich fühlte, auch mich, seinen Bruder, zu einer göttlichen Lichtgestalt machte. Leider unterbrach die lautstarke Fortsetzung des Vortrages diesen wunderschönen Gedankengang.

»Menschen, die nach der Stechuhr arbeiten und nach Fehlern gar stempeln gehen müssen, anstatt sich wie unsereins noch an der selbst verschuldeten Misere zu bereichern, können allerhöchstens mit meinem aufrichtigen Mitgefühl rechnen«, polterte er ungehemmt weiter, und ich fragte mich zum wiederholten Male ernsthaft, ob wir wirklich dieselben Eltern hatten. Für mich war das kaum vorstellbar.

»Wofür normale Menschen entlassen werden, kassiere ich noch einen fetten Bonus!«

Bernd war nicht nur trunken von Euphorie, langsam wurde es richtig peinlich.

»Ihr arbeitet doch nur, um mir euer hart verdientes Geld in den Rachen zu werfen.«

Es war höchste Zeit, diesen hämisch lachenden Rüpel an die Kandare zu nehmen, ehe die übrigen Gäste, unter denen es bereits deutlich rumorte, noch ganz andere Dinge mit ihm anstellten. Auch Icke bedeutete mir, meinen Bruder aus seiner Kneipe zu entfernen, was mir unter einem raffinierten Vorwand (ich gab vor, dass direkt vor der Tür leicht bekleidete Revuemädchen zu Werbezwecken Küsse verteilten) auch problemlos gelang.

»Aber ich habe doch mein Bier noch gar nicht ausgetrunken. Und ich wollte doch unbedingt noch von meinem Chef erzählen, der ein ungleich größerer Idiot ist als alle Gäste zusammen. Über diesen Blindgänger muss doch zwingend geredet werden«, stammelte er verwirrt, als er sich unversehens auf der Straße wiederfand und die plumpe List durchschaute.

Ich machte ihm mit brüderlichem Nachdruck klar, dass er für heute genug getrunken und darüber hinaus schon viel zu viel geredet hatte, was er zu meinem Erstaunen akzeptierte, und unter nur minimalem Protest trat er tatsächlich den Heimweg an.

»Aber uns Juden sagt man nach, dass wir immer nur dem Mammon hinterherrennen. Können wir jetzt endlich weitersaufen?«, begrüßte mich Willi, als ich ins Lokal zurückkehrte.

»Die Verwandtschaft kann man sich nicht aussuchen.« Icke unterstrich seine Erleichterung, indem er mir ein Bier spendierte, was nicht allzu oft der Fall war.

Endlich fand ich die Muße, mich ungestört Irina zuzuwenden.

»Los, ran an die Buletten, die ist eine sichere Sache«, zwinkerte Willi mir zu.

Irina wirkte immer noch abgelenkt.

»Zweiter Versuch: Wir haben uns ewig nicht mehr gesehen. Wie geht es dir?«

»Ja, stimmt, ewig. Mir geht es gut«, murmelte sie geistesabwesend, während ich die belanglose Konversation nur mühsam am Leben erhalten konnte.

Mit: »Wenn du dich nicht wohlfühlst, können wir auch zu mir gehen«, brachte ich die Unterhaltung vorschnell in die gewünschte Richtung, aber sie reagierte nicht.

»Oder zu dir?« Nun setzte ich alles auf eine Karte.

»Ich muss gehen, wir sehen uns bestimmt bald wieder«, stotterte sie unsicher und verließ fluchtartig den Schankraum.

Ich stand da wie ein Depp.

»Weiber!«, deklamierte Willi und bestellte zwei Schnäpse als Seelentröster, die ich unmittelbar in Beschlag nahm.

»Ich verstehe das nicht. Auf das Flittchen war in sexueller Hinsicht doch immer Verlass. Stets bereit, sozusagen, nie unnötig kompliziert.« Ich haderte mit meinem keuschen Schicksal.

Rasch legte ich die wenigen Schritte zum rückwärtigen Fenster zurück, wo ich Irina auf dem Heimweg vermutete, und erspähte die Fliehende auch prompt: in eng umschlungener Liebespose mit einem Mann, den ich im Dunkeln nicht erkannte. Ohne sich noch einmal umzuschauen, schickten sie sich an, gemeinsam in der Nacht zu verschwinden. Das könnte durchaus ein Grund für die Abfuhr sein, dachte ich zutiefst frustriert und genehmigte mir rasch hintereinander beide Gläser.

Als ich den Kopf tolldreist in den Nacken warf, konnte ich mir einen weiteren Blick aus dem Fenster nicht verkneifen. Irina und der Fremde, der ein unangenehmes Gefühl der Vertrautheit bei mir auslöste, waren wohl gezwungen worden, ihre Flucht zu unterbrechen, und befanden sich in einem offensichtlich äußerst hitzigen Wortgefecht mit einer dritten Person, deren Silhouette eindeutig weiblich war.

Warum musste es nachts auch immer so dunkel sein?

Außerdem waren alle Beteiligten zu weit weg, so konnte ich weder Details erkennen noch ein einziges Wort verstehen, obwohl offenkundig alles sehr laut ablief. Ab einem gewissen Zeitpunkt war das allerdings auch gar nicht mehr nötig, denn die unbekannte Dritte griff nach einem Ast, den die allgegenwärtige Berliner Windsbraut einem Baum geraubt hatte, und attackierte damit den einzigen männlichen Schattenriss der illustren Runde. Temperament konnte man der appetitlich geformten Dame also nicht in Abrede stellen, vielleicht war es aber auch nur das blinde Verlangen nach körperlicher Gewalt.

Nach ein paar Sekunden hatte die unwirkliche Begegnung auch schon wieder ein Ende, und Irina zerrte ihren anonymen Liebhaber von der Angreiferin weg, die ihrerseits eilig in der entgegengesetzten Richtung davoneilte. Ein paar geistige Getränke später hätte ich vermutlich gedacht, mich hätte ein Spuk genarrt, aber ich hatte gesehen, was ich gesehen hatte.

Willi, der sich neugierig über meine Schulter gebeugt hatte, wollte in der männlichen Gestalt sogar meinen Bruder Bernd erkannt haben, was ich jedoch seiner überbordenden Phantasie anlastete und kategorisch ausschloss.

»Soll mir recht sein, aber mit Schnaps alleine ist es wohl trotzdem nicht getan«, stellte Willi nüchtern fest und lenkte meine Aufmerksamkeit wieder auf die wesentlichen Dinge des Daseins.

»Richtig, die Schwere der Situation verlangt nach einer ausgiebigen Zechtour«, brachte Icke meinen Zustand auf den Punkt und rief unter lauten Missfallensbekundungen der anderen Gäste unverzüglich die Sperrstunde aus.

»Wir lassen dich nicht im Stich«, versicherte er mir mit Nachdruck, während er die Tür hinter der letzten Gästegruppe abschloss und seine Schürze beiseitelegte.

»Schon gar nicht, wenn die Misere sich um Alkohol und Frauen dreht! Unter diesen verhängnisvollen Vorzeichen würden wir niemals einen Kameraden sterbend auf dem Schlachtfeld zurücklassen.« Willi prostete mir erneut zu. Auch bei ihm begann der Alkohol zu wirken.

Zur Sicherheit kippte ich zwei weitere Schnäpse, die zufällig auf dem Tresen standen.

»Sag mal, Icke, du stehst Tag und Nacht hinterm Zapfhahn oder ziehst selbst um die Häuser, trotzdem habe ich dich schon des Öfteren von einer Ehefrau erzählen hören. Bist du jetzt verheiratet oder nicht?« Ich versuchte, die Wartezeit, in der der gewissenhafte Wirt die Tageslosung verbuchte, zu überbrücken, denn trotz unserer intensiven Freundschaft schaffte er es immer wieder, mir die fundamentalsten Informationen zu seiner Person vorzuenthalten.

Icke liebte dieses Bild des geheimnisumwitterten Fremden.

»Keine Ahnung, da muss ich zu Hause erst einmal nachsehen«, entgegnete er trocken, zählte dabei aber unbeirrt weiterhin das eingenommene Geld.

»Du hast ein Zuhause?«, rief Willi belustigt aus.
Icke hielt kurz inne und überlegte angestrengt.
»Keine Ahnung. Wer nicht schläft, braucht auch kein Bett.«
Willis verdutztes Gesicht markierte meine letzte bewusste Erinnerung an diese ansonsten äußerst denkwürdige Nacht.

Akt II

Obwohl ich den Spätsommer, wie ich es jedes Jahr zu tun pflege, mit ausgelassener Freude und inbrünstigen Lobgesängen begrüßte, dankte er es mir wieder einmal mit tagelangem Regen-, Wind-, und Schmuddelwetter.

Gerechtigkeit sieht anders aus.

Andererseits, wie gerecht konnte ein Tag sein, der um acht Uhr fünfzehn mit dem Schellen des Postboten begann? Ich bin ja schon des Öfteren gefragt worden, was Musiker so tagsüber machen (gut, von Zeit zu Zeit geisterte auch der Satz durch den Raum, was Leute wie ich eigentlich von Beruf wären, aber diese Wortspenden kamen – wenig überraschend – ausschließlich von Idioten), nun, heute folgte ich dem dramatischen Ruf eines Freundes – und zwar ins nächstgelegene Wirtshaus.

»Dass du auch schon da bist!«, mit diesen Worten wurde meine schier übermenschliche Energieleistung, bereits kurz nach zehn Uhr das Haus verlassen zu haben, beim Eintreffen dort allerdings nicht in gebührender Weise gewürdigt.

»Ich habe versucht, das Karnickel wieder in den Käfig zu locken«, verteidigte ich mich.

»Und? Ist es dir gelungen?«

»Nein, das raffinierte Biest hat ein geheimes Versteck. Ich weiß aber nicht, wo.«

»Dann wäre es ja auch nicht mehr geheim«, stellte Poidl, den ich das allererste Mal als einfachen Gast, nicht als Wirt, in einer Kneipe antraf, sachlich fest.

Auf Anhieb erkannte ich außer ihm noch Mazze, der unsicher in sein Bier starrte, Rollo, wie es sich geziemte, ununterbrochen redend, einen übermüdet wirkenden Willi sowie, neben sechs oder sieben Männern, die mir völlig unbekannt waren, den Drahtzieher dieses morgendlichen Treffens: Micky, heute ohne Schlagzeug.

»Ich dachte, ich hätte klargemacht, wie wichtig dieses Treffen ist?«, rief er mir vorwurfsvoll vom Kopf des Tisches aus zu, also führte er wohl den Vorsitz.

»Du hast mir im Morgengrauen ein Telegramm ins Haus geschickt, du Jeck, ich dachte schon, der nächste Krieg wäre ausgebrochen.«

»Also, ich persönlich halte die Dummheit der Menschheit für nahezu unendlich, aber nicht einmal mein kranker Geist kann sich vorstellen, dass nach den Erfahrungen des zurückliegenden *Großen Krieges* noch irgendjemand gesteigerte Lust auf einen Nachschlag hätte«, mit diesen Worten mischte sich einer der Unbekannten, ein grobschlächtiger Bauer mit Pranken wie Klodeckel, ungezähmtem roten Haar und äußerst fragwürdiger Körperhygiene, in den Disput ein, bevor Micky auf meinen Spruch reagieren konnte.

Beachtlich, eine solche Aussage hatte ich von einem wie ihm nicht erwartet.

»Hatte der Zinnober keine Zeit bis nachmittags oder abends?«, fragte Rollo und lenkte dankenswerterweise von meiner Person ab.

»Nein!«, schrie ein anderer Unbekannter, aber Micky konnte ihn beschwichtigen.

Vorsorglich beschloss ich, mir unauffällig einen Stuhl heranzuziehen und dann nur noch still dazusitzen und aufmerksam zuzuhören.

»Vorgestern war ich in einer Revue, da hat sich tatsächlich eine junge Frau auf offener Bühne den Arm amputieren lassen.« Rollo führte die Unterhaltung in profanere Gefilde und erntete damit sofort enorme Aufmerksamkeit. Das gefiel ihm.

»Unsere Freiheit, unser gesamtes Leben, die Existenz jedes Einzelnen, wird amputiert, wenn wir nichts unternehmen, ihr Traumtänzer.« Entschlossen würgte der Rothaarige die drohende Diskussion ab.

»Für diejenigen, die es noch nicht wissen«, jetzt riss Micky endgültig wieder die Redehoheit an sich. »Wir sind heute hier – und das vollkommen zu Recht so ungewöhnlich früh am Tage …«, er konnte sich den Seitenhieb auf mich doch nicht verkneifen, stockte kurz und setzte nach einer theatralischen Kunstpause neu an. »Ich habe euch zusammengerufen, weil in knapp zwei Stunden hier, in unserem Bezirk, praktisch vor unser aller Haustür, eine NSDAP-Propagandaveranstaltung stattfinden wird. Der *Große Führer* dieses Packs höchstpersönlich wird sprechen, das dürfen wir weder unwidersprochen hinnehmen noch widerstandslos zulassen. Dagegen müssen wir ein Zeichen setzen. Das müssen wir verhindern!«

»Und ich dachte, wir gründen einen Männerverein.« Rollo erhob sich enttäuscht von seinem Platz und steuerte zielsicher die Theke an. Auch der Großteil der verbliebenen Anwesenden vermochte Mickys Bedenken nicht unmittelbar zu teilen.

»Die Nationalsozialisten? Die mit dem österreichischen Gefreiten?«, stieß ein Glatzkopf aus dem Hintergrund genervt hervor.

»Spielen wir plötzlich alle *Wer hat Angst vorm braunen Mann*?«

Für diese Bemerkung erntete die Billardkugel schallendes Gelächter, nur Micky und der riesige Bauer blieben ernst.

»Dieser *österreichische Gefreite*, wie du ihn nennst, ist ein gewissenloser Demagoge. Und rund um ihn schart sich der größte Abschaum der gesamten Republik, der deren baldiges Ende herbeisehnt. Diese Leute wollen eine Diktatur errichten, und sie sind in ihrer rücksichtslosen Brutalität brandgefährlich!«, brüllte Micky verzweifelt durch den Raum.

»Wir müssen sie aufhalten, solange es noch möglich ist«, bekräftigte der Rothaarige.

Deshalb habe ich mich aus dem Bett gequält? Wegen diesem zu kurz geratenen österreichischen Hampelmann dekoriert Hoppel vermutlich gerade die Wohnung vollständig um?

Poidl schob seinen Stuhl geräuschvoll zur Seite und ergriff das Wort.

»Ich kann eure Panik vor den Rechten gut verstehen. Parteien wie die verdammte NSDAP schießen überall wie Pilze aus dem Boden, und das Volk ist kurzsichtig und verzweifelt genug, um ihnen ihre Stimme zu geben. Auch ich halte das für beängstigend. Aber speziell diese skurrile Führer-Partei hat doch keine drei Prozent der Stimmen. Die paar versprengten Männchen in den Parlamenten fallen doch gar nicht weiter auf. Das sind unwichtige Wirrköpfe, nicht ernst zu nehmende Fanatiker, Staubkörner der Geschichte, die wir bald wieder los sein werden. Und aus dieser seltsamen Charlie-Chaplin-Kopie wird sowieso nie etwas. Ich weiß, wovon ich rede, auch ich bin Österreicher, und Typen wie den findest du bei uns unter jeder Parkbank. Von solchen größenwahnsinnigen Schaumschlägern geht ganz sicher keine Gefahr aus. Eine echte Bedrohung dagegen ist diese DNVP mit ihrem unsäglichen Vorsitzenden, diesem Verleger, diesem Hugenberg. Ein widerlicher Großindustrieller, der den Volksnahen spielt, während die UFA und seine Zeitschriften ihn zum vielfachen Millionär machen. Ich kenne solche Falotten aus Wien, da werden sie auch immer stärker. Wenn wir eine Aktion gegen die Faschisten und die Kapitalisten setzen wollen, dann sollten wir das gegen die Speerspitze der rechten Brut tun, die Deutsch-Nationalen. Dort, wo es ihnen am meisten wehtut.«

Das Auditorium zeigte sich tief beeindruckt, Poidl nahm wieder Platz.

»Aber das ist nur meine bescheidene Meinung.« Er erhob sich kurz noch einmal.

Micky und der Bauer berieten sich, wie sie auf die durch Poidls engagierte Rede neu geschaffene Situation reagieren sollten, doch dieses kurze Machtvakuum stellte sich als grober Fehler heraus.

»Die Politiker, die ohnehin nur in die eigene Tasche arbeiten, sind rund um die Uhr mit Vetternwirtschaft und damit beschäftigt, kriminellen Versagern und korrupten Freunden eine zweite Chance zu geben, sodass sie unsereins, dem *kleinen Mann*, überhaupt jede Chance verweigern. Und dann lügen sie auch noch dreist, dass die Juden uns die Arbeit und das Land wegnehmen würden. Die wollen uns doch nur für dumm verkaufen«, wetterte ein weiterer Unbekannter, den ein buschiger schwarzer Schnurrbart zierte, in die so entstandene Pause hinein.

»Unser Land hat wahrhaftig gewaltigere Probleme als die Juden, lasst euch das bloß nicht einreden«, nahm Willi die Vorlage dankbar auf.

Das Abrutschen der Diskussion in eine ursprünglich völlig unerwünschte Richtung war praktisch nicht mehr aufzuhalten, die Chancen, aus dieser illustren Runde einen wirkungsvollen linken Kampftrupp zu formieren, strebten im Gleichschritt gen Null.

In Windeseile zerfiel die lange Tafel in vier voneinander unabhängige Gesprächsrunden, deren Themenvielfalt sich von der hohen Politik bis hin zu der soeben neu aufkommenden Mode der Nacktbilder erstreckte, die, angeblich von Dänemark ausgehend, das Land überschwemmten und in jede Hemdtasche passten. Leider hatte ich das Pech – ohne eigenes Zutun –, in Mickys Einflussbereich zu landen, der naturgemäß ausschließlich der politischen

Agitation vorbehalten war. Sehnsüchtig blickte ich zu Rollo, Mazze und Willi hinüber, die sich gerade ein Kartenspiel bringen ließen, aber ich war nach wie vor zu eingeschüchtert von Mickys Dominanz und auch zu träge, um der sicheren Langeweile einer Parteiendiskussion zu entfliehen. Hilfe vonseiten der Glücklicheren war auch nicht zu erwarten.

»Kennt ihr euch schon lange? Ihr wirkt so vertraut wie Sandkastenfreunde«, versuchte ich, Micky und den roten Riesen in ein persönliches Gespräch zu verwickeln, um die unabwendbare Propagandaflut hinauszuzögern.

»Wir haben uns erst dieses Jahr kennengelernt«, antwortete der Rote knapp.

»Am 1. Mai in Wedding. Das schweißt zusammen«, ergänzte Micky.

Das war gleichzeitig der Tag gewesen, an dem aus meinem Freund und Schlagzeuger, dem latenten Linken, jener überzeugte Kommunist wurde, der nunmehr vor mir stand. Micky zeigte sich felsenfest davon überzeugt, dass der Kapitalismus den Menschen viel mehr Freiheit entziehen würde, als der Sozialismus das jemals imstande wäre. Seine ungeteilte Sympathie galt der KPD, die SPD bezeichnete er seit diesem verhängnisvollen 1. Mai pauschal nur noch als *sozialfaschistische Verräter.*

»Die Bolschewisten machen es richtig. Was gäbe ich darum, dass auch Deutschland rein sozialistisch regiert werden könnte. Das wäre unser höchstes Glück. Wir brauchen die Revolution!«, tönte der Rothaarige, der Volker hieß, wie Micky mir ins Ohr flüsterte.

Ich tat mich mehr als schwer in dieser Konstellation.

Als prinzipieller und zutiefst angewiderter Ablehner des Kapitalismus in seiner aktuellen Form war ich nämlich der festen Überzeugung, dass die viel zitierte *grenzenlose Freiheit* nur für die Wohlhabenden zu haben war. Der einfache Arbeiter hingegen, der nach allen Regeln der Kunst ausgepresst wurde, und die Armen, die in den Häuserfluren und oft zu fünft oder sechst in einem Bett schlafen mussten, kamen dabei unter die Räder. So konnten sich die Reichen und Mächtigen in aller Ruhe das Land aufteilen. Andererseits wollte ich mich auch nicht mit den blutrünstigen Revolutionsphantasien der KPD anfreunden, was mich in deren Augen wiederum als Zauderer brandmarkte.

Wie gesagt: Ich tat mich mehr als schwer.

Glücklicherweise geriet der eigentliche Grund des Zusammentreffens schnell in Vergessenheit, während Micky, Volker und der Glatzkopf per Verrücken von Salzfässchen und Pfeffermühle die Welt neu ordneten.

Obwohl mir diese Neuordnung deutlich mehr zusagte als die staatlich aufgezwungene Ordnung, brummte mir bald der Schädel.

Schon der bloße Gedanke, dass just in dem Lichtspieltheater, in dem ich vor wenigen Wochen erst »Goldrausch« und »Metropolis« gesehen hatte, genau jetzt ein politischer Amokläufer sein Unwesen trieb, bereitete mir zusätzliche Kopfschmerzen.

Vom Dauerpolitisieren und unablässiger linker Propaganda gelangweilt, schweifte mein Blick aus der offen stehenden Tür, wo ich im regengeschwängerten Nebel Irina und Bernd, wie sie in einer lächerlich einfach zu durchschauenden Verkleidung als Tagelöhner Hand in Hand durch die Stadt flanierten, unmöglich übersehen konnte. Rückwirkend betrachtet bin ich allerdings nicht mehr sicher, ob dieser Eindruck real war. Zu sehr hatte mich der zurückliegende Vormittag mit all seinem Gerede und Durcheinander mitgenommen. Zu abwegig erschien mir außerdem, dass gerade diese beiden ein Paar sein sollten.

Oder sollte Willi doch recht behalten?

Unbestreitbar real hingegen war Paule, der plötzlich mitten im Raum stand.

»Ein Vögelchen hat mir ins Ohr gezwitschert, dass ihr euch hier zusammenrottet, da darf der olle Paule natürlich nicht fehlen. Auch wenn ihr irrtümlich vergessen habt, mich einzuladen.« Geziert kokettierte er mit der Kellnerin, um direkt hinter ihrem Rücken einen Satz Pornobilder aus der Manteltasche zu ziehen und zum Kauf anzubieten.

»Der letzte Schrei aus Skandinavien. Frisch eingetroffen. Da siehste alles!« Ungeniert bot er die moralisch zweifelhafte Ware feil.

Binnen weniger Augenblicke formierte sich rund um ihn ein Quartett aus gierig stierenden Männern mit unkontrolliertem Speichelfluss, welches sich umgehend zu Preisverhandlungen ins Hinterzimmer zurückzog.

Erschöpft schleppte ich mich zum Zapfhahn, um die Luft aus

meinem Glas entfernen zu lassen, wo ich schon von einem breit grinsenden Poidl erwartet wurde.

»Und das ist er.« Ich fühlte mich wie ein Schaf mit zwei Köpfen zur Schau gestellt.

Mir schwante Übles, ich kannte diesen Gesichtsausdruck bei ihm nur allzu gut.

»Es ist höchst an der Zeit, die versammelte Gemeinde darüber in Kenntnis zu setzen, wie du, unser aller Wahni, zu deinem einzigartigen Spitznamen gekommen bist. Diese Geschichte ist es wahrhaft wert, in ihrer gesamten Pracht erzählt zu werden.« Wienerisch umständlich ließ Poidl die Katze aus dem Sack und bestätigte so meine schlimmsten Befürchtungen.

Seufzend fügte ich mich in mein Schicksal, während er sich in Pose warf.

»Das Historchen liegt gut und gern zehn Jahre oder mehr zurück. Max und ich verdienten unsere Brötchen damals, gleich nach dem Krieg, in einem ominösen Ensemble, das bekannte Melodien aus zumeist unbekannten Operetten zum Besten gab. Das war eine Qual, kann ich euch sagen, aber die Zeiten waren eben hart. Jedenfalls hat Max, der Operetten damals wie heute hasste wie die Pest, sich vor jedem Auftritt gut einen getrunken, damit er den Ritt durch die musikalischen Niederungen zumindest ohne bleibende Gehirnschäden – das war die offizielle Erklärung für seine dauerhafte Alkoholisierung, auf die er unablässig pochte – durchstand, da erschien selbst der Preis einer kaputten Leber nicht zu hoch. Nüchtern hätte er diese Folter jedenfalls nie ertragen. So war das auch an diesem denkwürdigen Nachmittag. Wir spielten ein Kurkonzert vor einem Rudel alter Menschen, die wieder einmal eindrucksvoll bewiesen, dass in Kriegen immer die Falschen ums Leben kommen. Ein alter Veteran mit Gehstock in der ersten Reihe fiel dabei besonders unangenehm durch Zwischenrufe und hochgradig entbehrliche Kommentare auf. Max hatte den Störenfried schon von Beginn an auf dem Kieker, während ich einfach nur meine Harmonien heruntersemmelte und das Ende der Qual herbeisehnte. Und dann kam dieses Stück aus der ›Fledermaus‹ an die Reihe, bei dem das Publikum traditionell zum Mitsingen aufgefordert wurde, und da der Mist populär und allgemein bekannt war, tat es das auch für gewöhnlich. Alle grölten aus Leibeskräften mit, nur der Querulant blieb stumm und klammerte sich an seinem altersschwachen Stock fest. Das war die Gelegenheit, auf die Max das komplette Konzert hindurch gelauert hatte. Ohne Vorwarnung begann er, als der Schlussakkord dieser Operettenzumutung noch nicht einmal richtig verklungen war, den Störenfried auf das Wüsteste zu beschimpfen:

›*Los, sing mit, du nutzloser Schmarotzer. Meinst du etwa, wir machen das hier aus Spaß? Was glaubst du eigentlich, wer du bist? Kommst hierher und kennst nicht einmal die Texte, du widerlicher Ignorant. Wenn ich hier oben fertig bin, komme ich runter und werde dich eigenhändig verprügeln, du Friedhofsfreigänger …*‹

So ging das gut und gerne zwei oder drei Minuten, und sämtliche Zuhörer – und auch die Kollegen – machten sich ernsthafte Sorgen, worin dieser Tobsuchtsanfall noch gipfeln würde, aber so unvermutet, wie die Schimpfkanonade begann, so endete sie auch. Max drehte sich zum Schlagzeuger um und meinte nur lapidar: ›*Nächste Nummer!*‹ Vielleicht wollte er sich damals nur einen Scherz machen, vielleicht war es ernst gemeint, wer weiß das schon, und unser Held selbst hat sich nie wieder zu dieser denkwürdigen Episode geäußert, aber der Eindruck, den er hinterließ, war ein bleibender. Seit diesem Tag hat er seinen Spitznamen weg, und mehr als die Hälfte seiner Freunde und Kollegen sowie mindestens drei Viertel des Publikums halten ihn für einen entsprungenen Wahnsinnigen, der eigentlich möglichst schnell wieder in die geschlossene Abteilung verfrachtet werden sollte. Das ist die Geschichte, wie aus Maximilian Gerepolski Wahni wurde, und ganz ehrlich: Mit ›Wahni‹ ist sein Charakter meiner Meinung nach anschaulich und perfekt beschrieben.«

Erwartungsvoll richteten sich sämtliche Augen auf mich.

»Und? War es dir damals ernst, oder hast du uns bis heute mit einem brillant vorgetragenen, aber eben nur inszenierten Wutausbruch an der Nase herumgeführt? Vielleicht willst du das Mysterium nach so vielen Jahren endlich lüften?«

»Kannste vergessen!« Rigoros erteilte ich sämtlichen Hoffnungen auf eine rationale Erklärung der damaligen Vorfälle eine endgültige Abfuhr.

Enttäuscht wandte sich die Meute von mir ab, während Poidl nur schelmisch grinste.

»Die Geschichte wird immer besser, mit der sollten wir auf Tournee gehen«, raunte er mir auf dem Weg zu seinem nächsten Bier, vermutlich nicht dem letzten, zu.

»Kommst du heute Abend mit in die Haller-Revue? Angeblich hat dort ein ganzes Bataillon neuer Mädchen angeheuert. Frischfleisch!«, zischte mir Paule zur gleichen Zeit von der anderen Seite ins Ohr.

Offensichtlich existierte ein Pakt, mich keine Sekunde in Ruhe zu lassen. Vielleicht lief aber auch nur eine Wette, wie lange es dauerte, einen Amokläufer zu züchten.

»Frischfleisch is nich!« Ich gab mich betrunkener, als ich wirklich war. »Muss heute noch einen Auftritt spielen. Die Nackten müssen warten.«

»Einen Auftritt? Heute noch?« Paule wurde urplötzlich hellhörig.

Hatte ich Trottel mich wieder einmal verplappert!

Man sollte mir die Zunge abschneiden und an räudige Köter verfüttern.

»Heißt das, wir müssen alleine weitersaufen?«

Bei Rollo und Poidl keimte unverhohlene Panik auf, schließlich war ihnen ihr Freizeitvergnügen heilig.

»Das kann aber kein Auftritt von *Grammofox* sein, davon wüsste ich doch, oder?«, hakte Paule ungehalten nach. Seine Gesichtszüge wurden dabei härter, und seine Stimme quäkte noch höher als gewohnt.

Entschlossen zog ich ihn an den Rand des Geschehens. Er folgte nur widerwillig, aber letztendlich war es vor allem in seinem eigenen Interesse, wenn die Unterhaltung ab jetzt privater wurde. Es konnte nicht in seinem Interesse liegen, vor versammelter Mannschaft zurechtgewiesen zu werden.

»Mach hier keinen Aufstand, Paule. Du hast nicht die Exklusivrechte auf *Grammofox*. Das weißt du ganz genau. Und dieser Auftritt hat absolut nichts mit dir zu tun.«

»Ich hätte aber gerne die Exklusivrechte«, konterte er trotzig. »Das wäre nämlich für alle Beteiligten die beste Lösung.«

Ich hasste solche Diskussionen. Über Geld. Über Rechte. Über Pflichten. Widerlich!

»Ich beweise es dir: Erzähl mir von heute«, fuhr er unbeirrt fort.

Sinnlos. Er würde sowieso nicht lockerlassen, also ergab ich mich der Resignation.

»Cora hat die Sache an Land gezogen. Wir spielen eine Stunde in verkleinerter Besetzung auf einem Geburtstagsfest und bekommen dafür …«

Verstohlen flüsterte ich ihm den Betrag zu. Paule lachte laut auf.

»Für die Gage mache ich nicht einmal meinen Klarinettenkoffer auf.« Ungefragt gewährte Rollo wieder einmal eine erschütternde Einsicht in sein winziges Universum.

Der Kerl hatte nur Geld und Unzucht im Kopf, aber Ohren wie ein Luchs.

»Ich hätte locker das Doppelte, was sage ich da, das Dreifache für euch herausgeholt«, ereiferte sich Paule nun in blindem Profitwahn und verursachte damit bei Rollo, der immer nur »Weiter! Weiter!« raunte, augenscheinliche Lustgefühle.

»Ich will aber nichts *herausholen*, du raffgieriger Abschaum. Ich will spielen, ich will Musik machen. Presst doch eine Zitrone mit dem Rechenschieber aus, wenn das eure niederen Triebe befriedigt«, brüllte ich unbeherrscht los und erregte so erneut Aufsehen, aber irgendwann platzt jedem der Kragen.

Ich verstand mich.

»Wann habt ihr eigentlich das letzte Mal über eine Sache nachgedacht, die nichts mit Geld oder Selbstbereicherung zu tun hat?«, warf ich dem verdutzten Kapitalistenpärchen noch eine letzte bittere Pille vor die Füße, ehe ich unter dem lauten Beifall von Mickys linksradikalem Debattierverein triumphierend ein frisches Bier über meinem Kopf schwenkte. Ursprünglich wollte ich des theatralischen Effektes wegen hinausstürmen und heftig die Tür hinter mir zuschlagen, aber dann wären mir sowohl Paules und Rollos bedröppelte Gesichter als auch eine unabsehbare Menge herrlichen Alkohols auf KPD-Kosten entgangen.

Das konnte ich nicht zulassen, also entschied ich mich für die deutlich unspektakulärere, aber auch ungleich angenehmere Variante und verbrachte den restlichen Mittag artig an der Theke.

Nachdem ich mit meiner Einlage den Tag gerettet hatte, brauchte ich zuallererst ein ernüchterndes Nachmittagsschläfchen. Als ich mich später am Abend wie vereinbart mit Cora, Günther und Mazze traf, war ich einigermaßen wiederhergestellt.

»Fertig für den *Schmal-Fox*?« Cora gab erneut eine ihrer zahlreichen Wortkreationen rund um unseren Namen zum Besten, danach ging es los Richtung Geburtstagsfeier.

Unser Ziel lag in einem der besseren, aber nicht besten Viertel Berlins.

Ein schmuckes Häuschen mit Garten, idyllisch im Grünen gelegen, das ich als Geschenk nicht abgelehnt hätte, ansonsten fehlte in meinem Leben für ein derartiges Spießerdasein eindeutig die Konstanz – und nicht zuletzt auch der Wille.

Bei unserer Ankunft war das Fest bereits in vollem Gange, dementsprechend überschwänglich fiel die Begrüßung für »Die Musik« aus.

»In der Ecke neben dem Klavier ist Platz für euch und eure Instrumente, dort drüben ist das Buffet. Bedient euch«, hieß uns eine der drei Töchter des Jubilars herzlichst willkommen. Ab diesem Zeitpunkt war klar, dass die Tatsache, dass er sich nur vier Musiker leisten wollte – und selbst dafür das Salär eher bescheiden ausfiel –, durch eine herausragende persönliche Betreuung wettgemacht werden sollte.

Während sich Cora und Günther unters Volk mischten, inspizierte ich gemeinsam mit Mazze das Pianoforte und den uns zugedachten Bühnenersatz. Beides war zufriedenstellend.

Was mich persönlich mehr als alles andere an der Wohnsalondarbietung reizte, war das Musizieren mit spartanischen Mitteln. Wie ein Streichquartett vor hundert Jahren. Stimme, Klavier, Bass, Klarinette – das war nicht gerade üppig für den gewohnt vollen Klang einer Tanzkapelle, doch genau das spornte mich an.

Ich verspürte eine nahezu sinnliche Lust, exakt jene Lieder aus unserem üblichen Programm herauszupicken, die sich auch in der erwähnten Winzbesetzung astrein und ohne Qualitätsverlust umsetzen ließen. Die Ewiggestrigen, an denen der Berufsstand des Arrangeurs ebenso spurlos vorübergegangen war wie jedwede Kompositionsentwicklung nach Mozarts zehntem Geburtstag, wurden zwar nicht müde, der ganzen Welt zu erklären, dass herausragende Kompositionen auch nur mit einem einzelnen Klavier oder sogar mit Alphorn und Maultrommel dargeboten werden könnten, ohne auch nur einen Hauch ihrer Genialität einzubüßen, aber jeder echte Musiker weiß, dass nur dieser Ausspruch noch dümmer war als die, die ihn permanent auf den Lippen führten.

Aus meiner Erfahrung als Theatermusiker wusste ich überdies, dass nur die Prinzipale das Hohelied auf den *Schwarzen Vorhang, der völlig zum Spielen ausreicht, wenn das Stück nur gut ist*, sangen, die keine Mittel für vernünftiges Bühnenbild und Kulissen flüssigmachen wollten. Unter den erwähnten Bedingungen waren wir binnen kürzester Zeit spielfertig und eröffneten den offiziellen Teil der Feierlichkeiten mit dem Klassiker schlechthin für solche Anlässe.

Johnny! Wenn du Geburtstag hast,
bin ich bei dir zu Gast
für eine Nacht!
Johnny! Ich träum so viel von dir,
ach komm doch mal zu mir
nachmittags um halb vier!
Johnny! Wenn du Geburtstag hast
und mich dein Arm umfaßt
für eine Nacht!
Johnny! Wie mich dein Spiel ergötzt!
Wenn du doch jeden Tag Geburtstag hättst!

Cora hatte den Refrain an einigen Stellen sehr gelungen und eigens für das Geburtstagskind umgedichtet, was durch den Umstand, dass selbiges zu Kaiserzeiten auf den Namen »Johann« getauft wurde, deutlich erleichtert wurde. Leider konnte ich den veränderten Text im allgemeinen Stimmengewirr der Gratulanten nicht immer verstehen, aber Johann war von der speziellen Würdigung äußerst angetan.

In der kleinen »Pony Bar« ist der Geiger Johnny Star,
der hat wildes Blut in seiner blassen Haut. Oh!
Wenn er auf der Geige spielt, wenn er mit dem Bogen zielt,
hat er jede Nacht 'ne neue kleine Braut. Oh!
Denn sein Katzenblick verwirrt die Mädchen ganz und gar.

Schon während der ersten Strophe offenbarten sich mir zwei wirklich unangenehme Überraschungen: Erstens befand sich zu meiner größtmöglichen Verwunderung auch mein Bruder Bernd unter den Gästen, wie sich schnell herausstellte, weil er ein Techtelmechtel mit einer von Johanns drei Töchtern (natürlich mit der Jüngsten!) unterhielt, zweitens schlich zu allem Überfluss auch noch ein kürzlich verflossener Liebhaber Coras, ein abstoßend schleimiger Kotzbrocken und Opportunist vor dem Herrn, dessen Namen ich vorsätzlich vergessen hatte, auf dem Fest umher und scharwenzelte seinerseits um die mittlere Tochter herum. Ganz sicher erhoffte er sich davon einen irgendwie gearteten Profit, gäbe es nämlich nichts zu holen, wäre er erst gar nicht aufgetaucht. Alle außer Cora hatten bereits im Moment seines ersten Auftauchens gemerkt, dass er ein Schwachkopf war, mit dem einen oder anderen Jährchen Verspätung schloss dann auch sie sich dieser Meinung an. Ihre Trennung war damals von diversen Freudenfeiern, die meisten von mir selbst ausgerichtet, begleitet worden, ich hatte allerdings keine Ahnung, wie sie heute zueinander standen. Die Angelegenheit entwickelte sich also ebenso unangenehm wie unübersichtlich, außerdem drohte die älteste Tochter als alte Jungfer zu enden – zumindest, was den heutigen Abend betraf, und ich rang noch mit mir, ob ich das zulassen sollte.

Das waren die Augenblicke in meinem Leben, in denen ich dankbar war, mit meiner Musik beschäftigt zu sein und mich nicht mit jeder sozialen Banalität beschäftigen zu müssen. Breit grinsend klammerte ich mich an meinem Bass fest und spielte unbeirrt meinen Stiefel weiter, während ich das sich vor mir aufbauende Lustspiel fest im Auge behielt.

Sehr amüsant!

Im Gegensatz zu unseren jüngsten Konzerten, bei denen wir zumeist nur die Hohlräume zwischen vergleichbar hohlen Reden und Ansprachen füllen durften, verdiente sich der heutige Auftritt wenigstens diese Bezeichnung. Wir nutzten die seltene Möglichkeit, um mit einem durchgehenden Block purer Musik und wohlausgewählten Melodien eine feingliedrige Stimmung entstehen zu lassen. Die Gäste griffen es dankbar auf und erfüllten den Raum mit Stil und Noblesse.

Nur ungestörte Kunst ohne unqualifizierte Einmischung von außen kann wirklich gute Kunst sein. Bernd (keine Ahnung, warum mir das gerade jetzt wieder einfiel) prophezeite mir permanent, dass in Zukunft auch die Kunst ausschließlich vom Kommerz und der richtigen *Platzierung auf dem Markt*, wie er es bezeichnete, abhängig sein würde, was ich angeekelt ablehnte. Ich schob diese kruden Gedanken auf seine persönliche Besessenheit durch den Mammon und hoffte inständig, dass er sich irren möge. Wirklich sicher war ich mir in dieser Hinsicht jedoch nicht.

Zahlenmäßig bewegte sich unser Salonpublikum naturgemäß am unteren Rand der Möglichkeiten, was es allerdings durch ein ungewohnt hohes Niveau und förmlich aus der Mode gekommenen Tugenden wie die Fähigkeit des Zuhörens mehr als wettmachte. Diese angenehme Konstellation ermöglichte es uns, auch solche Lieder auf den Spielzettel zu nehmen, die wir bei normalen Veranstaltungen nicht mehr berücksichtigten, weil das Auditorium den Text einfach nicht mehr zu begreifen imstande oder willens war, und die somit zunehmend auf Unverständnis stießen.

Ein Paradebeispiel dafür war »Ich red' mir ein, es geht mir gut« vom alten Leopoldi, ein Werk von nahezu prophetischem Weitblick und Menschenkenntnis, das wir trotz seiner Einzigartigkeit in Text und Musik – oder vermutlich gerade deshalb – jahrelang nicht mehr aufgeführt hatten, vor allem in Ermangelung ausreichend vorgebildeter Zuhörer. Umso mehr genoss ich es jetzt. Das war der Genuss der verbotenen Frucht, weil die Moral mich nur allzu gerne verpflichtet hätte, ein derart düsteres und pessimistisches Lied keineswegs genießen zu dürfen. Und beklemmend wahr war es auch noch.

Hatte ich ein Glück, dass mir Moral völlig gleichgültig war.

Über unserm Volke schwebt 'ne schwarze Wolke,
die man Pleite nennt.
Heulen mit den Wölfen, kann uns da nicht helfen,
was macht uns solvent?
Wenn man mich gefragt hätt', ich schon längst gesagt hätt',
da hilft kein Geschwätz, nur ein Gesetz;
jeder muß bei Strafe, wachend und im Schlafe,
lustig singen und zerspringen:
Ich red' mir ein, es geht mir gut,
es geht mir ausgezeichnet, fabelhaft,
Schluß!

In einer Spielpause, ich stand trinkend und sinnierend am Fenster und ließ mich von der untergehenden Sonne zu einer schwermütigen Ballade inspirieren, beobachtete ich ein Taxi, das aufreizend langsam das Grundstück passierte. Ich könnte schwören, Paule darin erkannt zu haben.

Wie armselig. Dieser Mann hatte mehr als nur ein Problem. Insgeheim musste befürchtet werden, dass er *in persona* hier aufkreuzte und mit der für ihn typischen Selbstverständlichkeit seine Schmuddelbilder feilbot, doch diesen Fauxpas sparte er sich ausnahmsweise und zur allgemeinen Freude.

Der Abend verging wie im Flug und barg die üblichen Zutaten, mit denen jedes Geburtstagfest und jede Hochzeit aufwarten können: unbeholfene Annäherungsversuche, stockbetrunkene Familienmitglieder, peinlich berührte Ehefrauen und Mütter, Beziehungsdramen mittleren Ausmaßes; nur die fest eingeplante Rauferei fehlte, was eindeutig auf das bereits erwähnte und ungewöhnlich hohe Niveau der Gesellschaft zurückzuführen war, doch das war zu verschmerzen.

Natürlich sprach ich Bernd bei der ersten Gelegenheit auf seine undurchsichtige Beziehung zu Irina an, erntete aber nur ein lapidares: »Wer soll denn das sein?«

Fazit: Alles ging seinen gewohnten Gang, und *Grammofox* lieferte die passende Begleitmusik dazu.

Gegen Mitternacht verabschiedeten wir uns mit dem brandneuen Schlager der Saison, jenem Lied, das schon den ganzen Sommer des Jahres 1929 beherrschte und langsam, aber sicher enervierend zu werden drohte.

Allen Mädchen geht es so,
in der Küche, im Büro,
am Sonntag, da hab'n sie was Besseres vor,
da flüstert's die eine der andern ins Ohr:
Am Sonntag will mein Süßer mit mir segeln geh'n,
sofern die Winde weh'n,
das wär doch wunderschön!

Selbstredend sangen und pfiffen die Geburtstagsgäste jede Zeile mit. Auch nach Ende der Musikdarbietung klangen die Melodien noch durch den Salon, und ich konnte mich bei bester Stimmung um den spärlichen Abbau und die auch nicht viel ausgiebigere Gage kümmern, die die Frau des Hauses allerdings unter dem Eindruck unseres Erfolges großzügig aufrundete, sodass ich unverhoffter Weise plötzlich einen Grund hatte, Paule und Rollo gehörig zu triezen, weil sich nachweislich auch ohne merkantilische Winkelzüge gutes Geld mit guter Musik verdienen ließ.

Eine Erkenntnis, die bei den Angesprochenen vermutlich zu sofortiger Schnappatmung und nachfolgendem Herzstillstand geführt hätte. Schon beim bloßen Gedanken daran musste ich schmunzeln, während ich meine Abschiedsrunde drehte und dabei sehr viel Lob für meine Person und die gesamte Kapelle einheimste.

Nur von meinem Bruder konnte ich mich nicht angemessen verabschieden, weil er gerade intensivst damit beschäftigt war, eine mir – und vermutlich auch ihm – bis dahin völlig unbekannte riesige Brünette in Johanns Schlafzimmer zu locken, während Tochter Nummer drei ihn verzweifelt im Garten suchte. Sollten seine erotischen Bemühungen von Erfolg gekrönt sein, würde er dort auf Coras Verflossenen und Tochter Nummer zwei treffen, die ihrerseits von Tochter Nummer eins aus dem Nebenzimmer, von wo ich ausnehmend leise und absolut unbemerkt meine Garderobe geholt hatte, beobachtet wurden.

Shakespeare hätte seine Freude an der Szenerie gehabt.

Ich konnte mich nur mühsam und höchst unwillig von dieser inspirierenden und in letzter Konsequenz doch noch überraschend angenehmen Veranstaltung trennen, aber die Zeit dafür war unweigerlich reif. Um das Verwehen der schönen Erinnerungen noch ein klein wenig hinauszuzögern, schlich ich mich auf samtenen Pfoten ins Obergeschoss, wo ich noch einmal den Abort aufsuchen wollte und eventuell ein Fläschchen des hervorragenden Likörs, der bereits den ganzen Abend hindurch gereicht wurde, als sentimentales Erinnerungsstück mitzunehmen gedachte.

Das exotisch duftende Tröpfchen war schnell in meiner Manteltasche verstaut, der Lokus allerdings glänzte durch Unzugänglichkeit. Während bei mir der Ruf der Natur beständig lauter wurde, taten es ihm die aufgeregten Stimmen, die hinter der verschlossenen Tür zu mir durchdrangen, gleich. Ein heftiger Streit war dort im Gange, wo eigentlich sprichwörtliche Stille herrschen sollte.

Leider konnte ich keine Einzelheiten verstehen, wodurch meine Neugier unbefriedigt blieb, erkannte jedoch eindeutig die unverwechselbare Stimme meines missratenen Bruders. Das war eine Überraschung, denn wenn sich ein Pärchen eine Toilette teilte und der männliche Teil dieses Pärchens mein Bruder war, war ein Streitgespräch so ziemlich die letzte Agitation, die ich hinter dieser Tür vermutete. Die weibliche Stimme ordnete ich der mir unbekannten Brünetten zu (ich hatte ihren Klang bei ihrem gescheiterten Versuch, Bernd abzuwimmeln, wahrgenommen, und es war der Fluch des Musikergehörs, ihn nicht mehr vergessen zu können), die trotz meiner Gewissheit, dass ich sie zuvor noch nie gesehen hatte, ein kurioses Gefühl des Wiedererkennens bei mir auslöste. Das passierte mir recht häufig in letzter Zeit. Außerdem widerlegte die Situation meine Annahme, dass die Dame Bernd unbekannt war, denn einen derartigen Wust an Aggression und Wut vermochte nicht einmal er in so kurzer Zeit gegen sich aufzubauen, auch wenn er alle Voraussetzungen dafür mitbrachte.

Seltsam, dass ich sie noch nie zu Gesicht bekommen hatte, denn die meisten seiner Liebschaften waren mir in der Vergangenheit bei der einen oder anderen Gelegenheit über den Weg gelaufen. Es waren fast immer extrem peinliche Zusammentreffen, aber trotzdem – oder vielleicht gerade deshalb – hatte ich mir auf diese Art und Weise zahlreiche Gesichter (und weit weniger edle Körperteile) einprägen können.

Dieses war freilich nicht dabei gewesen, aber es gab so vieles im Leben meines Bruders, von dem ich nichts wusste, dass ich mich längst mit diesem Defizit abgefunden hatte. Den Großteil seiner Geheimnisse wollte ich auch gar nicht kennen, denn darüber könnte man zweifelsfrei den Verstand verlieren, was ich nicht vorhatte.

Als nach einigen Minuten des schmerzerfüllten Ausharrens noch kein Ende der wechselseitigen Feindseligkeiten in Sicht war, beschloss ich, diesen Akt der Geheimniskrämerei wieder ganz alleine den Beteiligten zu überlassen, und stahl mich auf dem gleichen Weg davon, auf dem ich bereits gekommen war. Letztendlich machte ich aus der Not eine Tugend und erleichterte mich an einer unbeobachteten Stelle des weitläufigen Gartens. Und das keine Sekunde zu früh. Bei dieser Gelegenheit konstatierte ich gleich die

Fortschritte in der Annäherung zwischen dem Schwachkopf und Tochter Nummer zwei, die ihr Liebesspiel in der Zwischenzeit hinter das Gebüsch verlegt hatten, das ich gerade auf natürlichem Wege wässerte.

Wo wohl die älteste Tochter abgeblieben war?

Cora machte unterdessen ihrem Ruf als nimmersatter Singvogel wieder einmal alle Ehre und beglückte die größtenteils im Aufbruch befindlichen Gäste mit der melancholischsten Version von »Ich reiß' mir eine Wimper aus«, die die Welt niemals hören wollte. Da Mazze und Günther bereits stockbetrunken in der Ecke lagen, begleitete sie sich selbst auf dem Schifferklavier, was ihr erstaunlich gut gelang. Ihre angegriffene Stimme trug gut durch die laue Nacht, während ich mit diesem unhandlichen Wandschrank, der ein Instrument sein wollte, leise fluchend einen unscheinbaren, aber heimtückischen Abhang hinunterstolperte.

Professor Nikodemus will nach Afrika
zwecks Studium der Gegend da.
Deswegen läßt das schöne Fräulein Meyerbeer
ihm keine Ruhe mehr.

Wie ich erst viel später erfahren sollte, fand zeitgleich ein verhängnisvolles Aufeinandertreffen zwischen Micky und seinen kommunistischen Freunden, die sich auf dem Heimweg von unserer morgendlichen Zusammenkunft befanden, mit versprengten NSDAP-Sympathisanten, die sich nach ihrer rechten Propagandaveranstaltung, noch trunken von schlechtem Bier und noch schlechteren Reden, ins falsche Viertel verirrt hatten, statt.

Ich reiß' mir eine Wimper aus und stech' dich damit tot!
Dann nehm' ich einen Lippenstift und mach' dich damit rot!
Und wenn du dann noch böse bist, weiß ich nur einen Rat:
Ich bestelle mir ein Spiegelei und bespritz' dich mit Spinat!

In der sich schnell entspinnenden Massenrauferei gab es zum Entsetzen aller klar denkenden Individuen leider nicht nur etliche Schwerverletzte, sondern sogar zwei Tote zu beklagen. Einer davon war Volker, der mächtige rothaarige Grobschlacht, den ich erst am gleichen Vormittag kennengelernt und der sich durch seine reifen und wohldurchdachten Aussagen meinen aufrichtigen Respekt erworben hatte. Der alten Armeepistole, die sein Gesicht zerfetzte, hatte er allerdings nichts entgegenzuhalten.

Forscher Nikodemus steht am Marterpfahl.
»Das gibt ein feines Abendmahl!«,
so spricht der Häuptling Zizibambula
zu seiner Großmama.

Als ich mit erheblicher Verspätung von diesem üblen Ereignis Kenntnis erlangte, war ich naturgemäß schockiert, musste mir jedoch nach und nach eingestehen, dass das Verhalten der Masse – so falsch es auch war – auf eine kuriose Art und Weise auch verständlich und nachvollziehbar erschien. Schließlich lebten siebzig Prozent der Berliner in Armut, dazu die enorm hohe Arbeitslosigkeit, gepaart mit totaler Hoffnungslosigkeit, so etwas ging an keiner Stadt dieser Erde spurlos vorüber.

Die stetig wachsende Unzufriedenheit der Bevölkerung mit den Politikern unserer Zeit, mit den Entwicklungen in der Gesellschaft und den daraus resultierenden alten und neuen politischen Strömungen hatte eine Dimension erreicht, wie ich sie zuvor nicht für möglich gehalten hätte.

Angst und Unsicherheit im Volk bildeten eine hochexplosive Mischung, während sich die Politik gewohnt macht- und hilflos präsentierte, unbeirrt nur um sich selbst und ihr eigenes Wohl kreisend. Eine fatale Konstellation.

Das wurde mir in jener Nacht mehr als klar, aber im Alltag hatte ich andere Sorgen.

Du, du, du, du, du, du, du, du!
Dann bestell' ich mir ein Spiegelei und bespritz' dich mit Spinat!

Akt III

Der erste Morgen seit Wochen, an dem ich nicht schweißgebadet wach wurde.

Endlich hatte der Herbst triumphalen Einzug gehalten, und *Grammofox* stand unmittelbar an der Schwelle zu Reichtum und Berühmtheit.

Genauer gesagt: sicherer Reichtum für Paule, mögliche Berühmtheit für den Rest der Truppe, aber damit konnte ich gut leben. Eine furiose Kritik aus Sabines Feder zu unserem bizarren Olympioniken-Auftritt hatte uns endlich die lang ersehnte Möglichkeit eröffnet, unsere Fertigkeiten im Rundfunk unter Beweis zu stellen. Wer nicht im Radio zu hören war, war niemand, das war ein Faktum, und selbst die unsinnigste Stammtischdiskussion würde plötzlich ernst genommen werden, sobald sie nur über den Äther lief.

Ich hatte keine Ahnung, warum das so war, aber die Erkenntnis daraus lautete: Wir mussten ins Radio! Was jetzt ja auch passierte.

Wir waren Sabine für das Öffnen dieser Tür, die sie uns mit ihrer halbseitigen Lobeshymne in der *Morgenpost* aufgestoßen hatte, mehr als dankbar. Vor der Lektüre ihres Artikels war mir nicht einmal selbst so richtig bewusst gewesen, wie gut wir wirklich waren. Das war in der Tat eine reife Leistung unserer Freundin an der Schreibfront, wenn man bedachte, dass sie bei besagtem Konzert nicht einmal anwesend war, aber wenn es so in der Zeitung stand, stimmte es bekanntlich auch.

Mit einem Mal und ohne Vorwarnung stand diese unbedarfte Tanzkapelle dort, wo echtes Radio gemacht wurde.

Paule winkte uns von der anderen Seite der dicken Glasscheibe zu. Er strahlte über das ganze Gesicht, was nur zu verständlich war. So schnell konnte aus einem gescheiterten Gelegenheitsmusiker und Verkäufer zweifelhafter Photographien ein wohlhabender Musikalienhändler werden. Während der gesamten Fahrt ins Rundfunkstudio war er nicht müde geworden, seine Verdienste in dieser Angelegenheit gebührend hervorzuheben, Sabine erwähnte er mit keinem Wort.

Zur Erleichterung aller Anwesenden saß er jetzt hinter einer schalldichten Wand.

Micky bekam das Zeichen zum Einsatz vom Aufnahmeleiter, allerdings las der Moderator in diesem Moment noch seine Ansage ab, was uns verunsicherte. Micky blickte hilfesuchend zu mir, während der Tonassistent, ein blasser Junge von knapp zwanzig Jahren, wild mit den Armen ruderte. Offensichtlich wollten sie, dass die Einleitungstakte der »Schönen Adrienne«, die wir zur ersten Nummer auserkoren hatten, die letzten Worte des Radiomoderators unterlegten, was mir überhaupt nicht behagte, schließlich soll man Musik nie mit Gequatsche verunreinigen.

Trotz aller Bedenken gab ich Micky das Signal zum Einzählen, worauf der Assistent erleichtert aufatmete. Allerdings tat er dies nach strenger Ermahnung durch den Tonmeister, eines mindestens fünfzigjährigen Griesgrams mit dünnem Haar und wirrem Blick, dermaßen leise, dass nicht das geringste Geräusch an die hochempfindlichen Mikrophone gelangte. Mickys Einzähler war unklar, aber irgendwie schummelten wir uns zu einer gemeinsamen *Eins*, und das Abenteuer Hörfunk begann.

Wo man geht, wo man sitzt und steht,
ist von Radio heut' nur die Red'.
Vom Kellerloch bis hoch zur Mansard'
ist alles drin vernarrt.
Manche Maid, wenn schon Schlafenszeit,
steigt ins Bettchen empfangsbereit
und sie genießt mit dem Ohr
ihren Lieblingstenor
horizontal ideal.
Die schöne Adrienne …

Der Refrain des Liedes war mit seinem kindischen, sich ständig wiederholendem *Tschindarassa* und *Trara* und den lahmen Reimen auf *Adrienne, Hochantenne* und *Radio* wirklich an der Grenze des Erträglichen, aber die Strophe (vermutlich musste sich der Texter im Refrain von den genialen Wortspielen in den Versen erholen) und die Musik als Ganzes waren echte Juwelen, und letztendlich –

wie in der Operette – interessierten die gesungenen Worte bei derartigen Kombinationen ohnehin nur am Rande.

Sie und er als ihr Zimmerherr
suchen Wellen nun kreuz und quer.
Sie dreh'n zusammen am Radiophon,
Paris berauscht sie schon.
Plötzlich, da sind zum Greifen nah
Wellen aus Zentralafrika
und ganz entsetzt kommt sie knapp
unverhofft bis zum Kap
der guten Hoffnung hinab.
Die schöne Adrienne …

Ich fasste es nicht! Da plapperte der Moderator doch tatsächlich in die Schlusstakte des letzten Refrains hinein, anstatt, wie bei der Probe vorhin, einfach den Mund zu halten, wie es ihm zukam. Diese Radiomenschen hatten nicht den Hauch von Respekt der Musik gegenüber. Rückwirkend betrachtet musste ich wahrscheinlich froh sein, dass er meinen fulminanten Instrumentalteil unbehelligt gelassen und nicht währenddessen den Wetterbericht verlesen hatte.

Schwamm drüber, wir hatten die Feuertaufe mit Bravour bestanden.

»Wir haben umgeschaltet und sind mit Studio 2 auf Sendung, etwa dreißig Minuten Pause«, quäkte es aus dem Lautsprecher.

Die große Nervosität fiel ab, und die Gruppe atmete im Gleichklang tief durch.

»Ich weiß nicht, was die alle haben, ich finde uns gut«, lachte Günther.

»Was war denn am Anfang los?«, insistierte der junge Spund.

»Es wäre schön, wenn ihr uns so winzige Details wie den geplanten Zeitpunkt des Einstieges vorher mitteilen würdet«, wies ich ihn übertrieben freundlich zurecht.

»Unser zweites Lied beginnen wir übrigens erst nach Beendigung der Ansage, darauf lege ich sehr viel Wert, dass hier kein einziges Wort dazwischengeredet wird.«

Dieses *zweite Lied* hatte eine immense Bedeutung für *Gram-*

mofox, es war nämlich die Uraufführung von »Das Gretchen und die Politik«, unserer allerersten eigenen Komposition, die veröffentlicht wurde, und das gleich als Direktübertragung im Radio. Der Sender ging damit ein enormes Wagnis ein, weil niemand vorhersagen konnte, wie das Lied ankommen würde, aber ich war einfach nur dankbar für den Mut der Verantwortlichen. Um mein Glück perfekt zu machen – und zur allgemeinen Freude meines urplötzlich riesigen Freundeskreises –, wurde mir eigens für dieses Lied sogar ein vierzehnköpfiges Ensemble genehmigt, das sich in der Zwischenzeit im Studio häuslich niedergelassen hatte.

Die Aufregung vor dem großen Moment baute sich erneut auf.

In Studio 2 neigte sich das Hörspiel nach einer Kurzgeschichte von Edgar Allan Poe, dem in diesen Tagen wohl einzigen beliebten Amerikaner in deutschen Landen, seinem Ende zu. Der Aufnahmeleiter bedeutete uns, dass das Umschalten unmittelbar bevorstand.

Der Moderator verlas monoton die Namen der Mitwirkenden des Hörspiels und leitete danach routiniert zur bevorstehenden Musiknummer über. Die Spannung stieg.

»Werden Sie, meine sehr verehrten Zuhörer, nun Zeuge einer echten Premiere in unserem bescheidenen Studio …«, hörten wir die Ansage über den Lautsprecher.

»… dargeboten von der Musikkapelle *Grammofox* und Freunden, Text von Joseph Zucker, Musik von Maximilian Gerepolski.«

Ich hatte schon Angst, das Studio zu versauen, wenn ich gleich vor Stolz platzte.

Das bunt zusammengewürfelte Söldnerkorps von Orchester, das ich heute unter meiner Fuchtel hatte, legte los wie aus einem Guss.

Flöte, Klarinette, Trompeten, Saxophone – jeder Ton vom Feinsten.

Auch Cora erwischte ihren Einsatz nach Maß, für den Moment war ich beruhigt.

Das Gretchen Meier liebt die Politik
Und graue Schläfen noch viel mehr
Sie findet Gehstock und Gamaschen schick

G'rad steife Hüte mag sie sehr
und die Gelüste treib'n – wen wundert es –
Die Maid direkt ins Parlament

Dort, wo die Greise leise rosten
Und prächtig leb'n auf uns're Kosten
Kriegt Gretchen feuchte Augen
Nicht jede Rede, die ist weise
Das ist nicht schlimm
Denn Gretchen hört nicht zu

Die Hälfte des Liedes war geschafft, alles lief prächtig, und mein Puls erreichte langsam wieder menschliche Werte. Der *Triumphfox* war nicht mehr aufzuhalten.

Die Geburtsstunde eines neuen Schlagers. Aus meiner Feder!

Nur manchmal plagt das Gretchen die Moral
Doch das geht schnell vorüber

»Wir unterbrechen das laufende Programm für eine wichtige Durchsage!« Unvermutet schnitt sich eine diabolische Stimme durch das Posaunensolo und mitten hinein in mein wild pochendes Herz.

Der Tonassistent machte eine typische Handbewegung, um uns zu bedeuten, dass wir nicht mehr auf Sendung waren. Nach und nach verebbten die Instrumente. Die gesamte Mannschaft sah mich ratlos an, dabei fühlte ich mich momentan selbst als der Unwissendste der Welt.

Coras Gesicht lief blutrot an.

»Was ist denn das für ein beschissener Skandal!«, brüllte sie völlig unbeherrscht los, drosch das Mikrophon in die Ecke und heulte beinahe.

Auch mir fiel es schwer, die Fassung zu bewahren. Ich stellte meinen Bass vorsichtig zur Seite und wollte schnurstracks zum Aufnahmeleiter durchstarten, um ihm ordentlich den Marsch zu blasen. Allzu weit kam ich jedoch nicht, weil mir eine riesige Kabelrolle den Weg verstellte, die ich erst umrunden musste, was meinen Erregungsgrad noch steigerte. Ich war fuchsteufelswild.

Der Knabe von Tonassistent war ganz schön mutig, sich mir jetzt in den Weg zu stellen.

»Sie werden gleich verstehen«, beschwichtigte er mich.

»Das glaube ich weniger.« Seine hohlen Phrasen interessierten mich nicht die Bohne.

»Die Börse ist zusammengebrochen«, flüsterte mir einer der Kabelträger zu.

»Na und, ist ja nicht das erste Haus, das einstürzt«, entgegnete ich barsch.

»Nicht das Gebäude«, redete nun wieder der junge Assistent auf mich ein.

»Der gesamte Geldverkehr ist zusammengebrochen. Eine Katastrophe.«

»Was soll denn daran eine Katastrophe sein?«, stammelte ich fassungslos. »Erdbeben, Flutwellen, Kriege, Volksverdummung, das sind Katastrophen, aber sicher nicht eine pleitegegangene Elite von Volksschädlingen! Der ganze Aufruhr also nur wegen ein paar Banken, die von unfähigen Gierschlunden geführt werden? So viel Aufregung wegen etwas derart Unnützem wie Geld? Das darf doch nicht wahr sein! Wegen dieser Lappalie habt ihr allen Ernstes mein Lied exekutiert? Mein Leben zerstört? Wegen einiger weniger, überflüssiger Geldscheffler?«

Ich war wie vor den Kopf gestoßen.

In diesem Moment wuchs meine Sympathie für eine Gesellschaft abseits materialistischer Interessen ins schier Unermessliche.

Die Gastmusiker trugen das Desaster mit Fassung – vermutlich, weil die Gage im Vorhinein ausgezahlt worden war – und packten schweigend ihre Instrumente ein, der *Stammfox* hingegen befand sich im kollektiven Schockzustand wie ich selbst. Mazze und Cora kullerten Tränen blanker Wut über die Wangen. Ich verstand sie. Günther und Micky wirkten auf mich, als würden sie das ganze Studio zu Kleinholz verarbeiten wollen. Das verstand ich noch besser. Veronika hingegen war spurlos verschwunden, was ich absolut nicht verstehen konnte.

»Sie musste noch zu einem anderen Termin, war ein enger Zeitplan«, klärte mich Willi, der bis zum erzwungenen Ende auch heute wieder brillant die Flöte geschwungen hatte, auf.

Der Gesichtsausdruck, den er damit bei mir auslöste, bedurfte keiner weiteren Erklärung. Willi zog instinktiv den Kopf ein und suchte das Weite.

»Mich wundert gar nichts mehr«, brabbelte ich vor mich hin und wollte zu den anderen *Foxes* zum kollektiven Wundenlecken, aber nicht einmal das gelang.

»Sind Sie Maximilian Gerepolski, der Bruder von Bernd Gerepolski?« Zwei Polizisten in makellosen Uniformen stellten sich mir in den Weg.

Ich stöhnte laut auf, dafür fehlten mir im Augenblick wirklich die Nerven.

»Sollte sich das schwarze Schaf der Familie in der Haller-Revue oder einem Geldjuden gegenüber wieder einmal unziemlich benommen haben, so ist das ganz alleine sein Problem«, wiegelte ich die Frage ungehalten ab und wollte weitergehen.

Mit »Es tut mir sehr leid« unterband der Größere der beiden dieses Vorhaben. »Aber ich habe eine traurige Nachricht für Sie. Ihr Bruder ist vor etwa zwei Stunden verstorben. Er hat sich aus dem Fenster seines Büros gestürzt. Er war sofort tot.«

»Bernd? Tot? Per Selbstmord?« Ungläubig wiederholte ich die Hiobsbotschaft. »Das ist unmöglich. Das ist nicht wahr. Da muss ein anderer die Hand im Spiel haben. Mein Bruder könnte sich niemals ein Leid antun. Er liebt sich über alles!«

»Hören Sie denn kein Radio?«, wies mich nun der zweite Polizist scharf zurecht. »Weltweit kollabieren die Währungen. Von New York bis Budapest springen Bankiers und Wertpapierhändler aus ihren Fenstern geradewegs in den Tod. Freiwillig, um sich der Verantwortung nicht mehr stellen zu müssen. Hunderte, Tausende. Nicht einmal, wenn wir wollten, könnten wir jedem einzelnen Todesfall bis ins Detail nachgehen. Außerdem ist der Fall Ihres Bruders wirklich glasklar. Er hatte ein Motiv, er hatte die Gelegenheit, und es gibt weder Augenzeugen noch den geringsten Hinweis auf Mord oder einen Täter. Ein Selbstmord wie aus dem Bilderbuch.«

Die letzten Worte, die der übereifrige Freund und Helfer mir unbedingt glaubte sagen zu müssen, hörte ich nur noch wie durch einen dumpfen Schleier. Ich kannte dieses Gefühl. Ein Gefühl, als würde man durch Honig schwimmen. So fing es immer an, wenn mir die Wirklichkeit abhandenkam. So war es auch dieses Mal.

Das Nächste, woran ich mich erinnerte, war der vertraute Wasserfleck an der Decke über meinem Bett. Ich war überrascht, zu Hause aufzuwachen. Draußen schien die Sonne, dem Grad meiner Unpässlichkeit zufolge musste es früher Vormittag sein. Mein Magen rebellierte im Gleichklang mit den pochenden Schmerzen in meinem Kopf. Ich versuchte, die zurückliegenden Ereignisse zu rekonstruieren, aber es gelang mir nicht. Sämtliche Erinnerungsfetzen endeten abrupt im Hörfunkstudio.

»Harte Nacht, was?« Als erstes Geräusch drang die Stimme von Mazze, der soeben aus meinem Badezimmer kam, an mein Ohr.

»Der Schock über den Tod deines Bruders war wohl doch zu viel für dich.«

»Wer kann es ihm verdenken?«, ergänzte Cora, die es sich mit Hoppel auf dem Sofa bequem gemacht hatte und ebenfalls frisch gebadet aussah.

Warum waren so viele Menschen in meiner Wohnung?

Es läutete. Mazze öffnete. Draußen stand Sabine.

»Ah, da bist du ja endlich«, rief Cora erfreut aus.

Ich lag immer noch im Bett und starrte an die Decke.

»Wieder eingerenkt?« Sabine hatte bemerkt, dass ich wach war. »Ich habe uns frische Brötchen und Kaffee mitgebracht.«

Hereinspaziert, meine Damen und Herren, Meldezettel finden Sie im Wandschrank!

Mühsam quälte ich mich aus dem Bett und gesellte mich zu der vergnügten Frühstücksgesellschaft an meinem Küchentisch. Mazze bot mir Kaffee an.

»Was macht ihr hier?« Endlich konnte ich die Frage stellen, die mir schon seit meinem erschöpften Erwachen unter den Nägeln brannte.

»Willst du das wirklich wissen?«, ertastete Cora vorsichtig die Lage.

Als Quittung für mein Nicken bekam ich dann die Sünden der vergangenen, einer verlorenen, wirklichkeitsenteilten und sehr langen Nacht brühwarm aufs Brot geschmiert.

»Was ist das Letzte, an das du dich erinnern kannst?«, eröffnete Mazze den Reigen.

»Die Nachricht vom Tod meines Bruders«, antwortete ich tonlos.

»Stimmt, danach ging es los«, knüpfte Cora nahtlos an.

»Zuerst hast du aus dem Nichts heraus begonnen, laut loszubrüllen und die Einrichtung des Studios in seine Einzelteile zu zerlegen, was dir gut gelungen ist.«

»Angesichts der besonderen Umstände verzichtet der Sender auf Schadensersatz, das hat Paule schon geregelt«, ergänzte mein besorgter Pianist.

»Nach dieser Aktion haben wir dich mit Ach und Krach auf die Straße gewuchtet und wollten dich in eine Taxe heimwärts setzen, aber du bist uns wieselflink entwischt. Hätte ich dir auf deine alten Tage gar nicht zugetraut.«

Ich durfte mir also anhören, wie ich zuerst in einen Aufmarsch des Roten Frontkämpferbundes geriet und die lärmenden Schalmeien, die sie mit sich führten, dergestalt missinterpretierte, dass ich sie wie eine Blaskapelle dirigieren wollte. Dabei hasse ich Blasmusik aus tiefstem Herzen. Nachdem Mazze mich gerade noch rechtzeitig vor dem linken Mob, der sich durch mein Verhalten wohl beleidigt gefühlt hatte, retten konnte, stürzte ich mich mit Todesverachtung in das immer größer und schneller werdende Verkehrschaos der Hauptstadt. Autos, Pferde, Radfahrer, Fußgänger – alles wild durcheinander, anarchisch und ungeregelt – und mittendrin ich und meine halbe Kapelle auf meinen Fersen.

Aber sie hatten keine Chance, mich zu erwischen, denn ich war schnell und nutzte das Glück der Schwachsinnigen und Betrunkenen, denen bekanntlich auch in höchster Gefahr nichts passierte. Sabine stieg ins Geschehen ein, als sie auf dem Weg in die Redaktion zufällig am Potsdamer Platz vorbeikam, wo ich, umgeben von einer respektablen Menschenmenge, meinen lang gehegten Traum vom *Volks-Geometrie-Minister* verwirklichen wollte, indem ich den Bestandteilen meines zukünftigen geometrischen Meisterwerkes – also einzelnen Gruppen von Menschen, Radfahrern, Reitern und anderen Passanten – lauthals Anweisungen zurief, wie sie sich auf der weiten Fläche zu platzieren hatten, um ein perfektes Gesamtkunstwerk zu ergeben. Nach einhelliger Meinung tat ich das mit viel Verve, aber wenig Erfolg. Nachdem sie sich nunmehr zu dritt zu mir durchgekämpft hatten und Sabine den ortsansässigen Schutzmann mit Engelszungen davon überzeugt hatte, mich nicht umgehend zu inhaftieren, wurde ich mit vereinten Kräften in die heimischen vier Wände verfrachtet.

»Doch wer glaubt, der Spuk hätte damit ein Ende gehabt, irrt gewaltig«, schlug es mir gleich dreistimmig entgegen.

Übereinstimmenden Berichten zufolge wollte ich eine Schlacht aus dem zurückliegenden Krieg nachstellen – selbstredend im eigenen Wohnzimmer. Als mir das mit drei Mann unter meinem Kommando nicht gelang, plante ich die Torpedierung eines schweren Kreuzers durch meine U-Boot-Flotte – natürlich in der Badewanne. Auch dieses Manöver blieb erfolglos, worauf ich mich zur universalen Freude bereit erklärte, zu Bett zu gehen und den Angriff am nächsten Morgen, frisch ausgeruht und mit massierten Truppen, fortzusetzen.

»Vorher hast du uns aber noch vor deinem Hasen gewarnt. Du meintest, er hätte Sturmgewehre und Handgranaten unter seinem Heuhaufen versteckt und plante ein Attentat auf die Republik. Es wäre gefährlich, seinem Käfig zu nahe zu kommen«, wusste Sabine abschließend zu berichten.

»Ich glaube ja, dass du recht hast, der guckt schon immer so verschlagen zwischen seinen Gitterstäben hervor«, feixte Cora und streichelte Hoppel.

»Also haben wir dich in die Federn gestopft, den Hasen gefüttert und abwechselnd Wache gehalten, für den Fall, dass du einen Rückfall erleidest«, brachte Mazze die bemerkenswerte Geschichte zu einem runden Ende.

»Ich kann dir sagen, dagegen verblasst jede Sauftour.«

Ich war froh, so gute Freunde zu haben, und nahm einen Schluck Kaffee.

Er war grauenhaft.

»Die Sache mit deinem Bruder tut mir sehr leid.« Sabine verlieh der Unterhaltung wieder den nötigen Ernst. »Können wir dir irgendwie helfen?«

»Ich muss herausfinden, was wirklich mit ihm passiert ist. Selbstmord und Bernd, das ist mit Sicherheit auszuschließen, das Wort existiert nicht einmal in seinem Vokabular. Und ja, du könntest mir dabei tatsächlich eine unschätzbare Hilfe sein.«

Ich bat Sabine, die Ressourcen der *Morgenpost* zu nutzen, um Nachforschungen zu Bernds Tod anzustellen. Vor allem Informationen zu den genauen Umständen seines Ablebens blieben für Normalsterbliche üblicherweise unerreichbar, für die Presse hingegen nicht.

»Mein Vorgesetzter wird strikt dagegen sein. Er wird schon den Gedanken daran hassen. Legal ist es sicher auch nicht. Klar mache ich das für dich.«

Ich dankte Sabine für die Unterstützung an allen Fronten und begleitete sie zur Tür.

»Ich melde mich, sobald ich was herausgefunden habe.«

Als ich in die Küche zurückkam, blickten mich Cora und Mazze erwartungsvoll an. Was die Aufklärung des Mordes an meinem Bruder betraf, hatte ich jedoch keine Verwendung für sie.

»Das ›Gretchen‹ ist nach diesem Fiasko gestorben, wir werden es nie wieder spielen. Auf dem Lied lastet ein Fluch«, bekamen die beiden stattdessen von mir zu hören.

Das war sichtlich nicht das, womit sie gerechnet hatten.

»Bist du dir da ganz sicher?«, hakte Mazze ausgesprochen vorsichtig nach.

»Vielleicht überlegst du dir das ja noch einmal.« Aus Cora sprach die Sängerin, die Angst hatte, eines ihrer besten Lieder zu verlieren.

»›Gretchen‹ ist tot.« Kategorisch beendete ich die Debatte.

Nachdem ich mich noch mehrmals für die lebensrettenden Maßnahmen der letzten Nacht bedankt hatte, brachte ich die letzten Getreuen zur Tür und blieb allein zurück.

Wer hatte Bernd auf dem Gewissen?

Dank der gewinnenden und sympathischen Ader meines Bruders ergab sich aus dieser simplen Frage eine ziemlich lange Liste von Verdächtigen: geschädigte Geschäftspartner, geprellte Wirte, betrogene Anleger, hintergangene Liebschaften, gehörnte Ehemänner – da mich Bernds Verhältnisse und Belange allerdings nie auch nur im Geringsten interessiert hatten und mir sein gesellschaftlicher Umgang vollkommen egal gewesen war, blieb es bei der bloßen Vermutung. Jedenfalls bot sich ein buntes Kaleidoskop von Personen, die zweifellos zahlreiche Gründe hatten, ihn zu hassen. Und der eine oder andere trug sich zweifellos ernsthaft mit dem Gedanken, den verhassten Nebenbuhler, Betrüger, Zechpreller und Ehebrecher lieber heute als morgen ins Jenseits zu befördern, aber wer war bereit gewesen, die pure Absicht in die Tat umzusetzen? Meine eigene Liste an Menschen, die ich lieber tot als lebend gesehen hätte, war ebenfalls beträchtlich lang, trotzdem wusch ich meine Hände nach wie vor in Unschuld, so schwer mir das auch fiel.

So kam ich nicht weiter. Ich brauchte Unterstützung.

Aus der einfachen Überlegung heraus, dass der höchste Grad der Redseligkeit unter Alkoholeinfluss in der Gastwirtschaft erreicht wurde, rekrutierte ich noch am gleichen Tag Poidl und Icke – selbstverständlich durfte wegen der bei Wirten angeborenen Stutenbissigkeit, was mögliche Konkurrenz betraf, keiner der beiden vom jeweils anderen wissen – als Helfer für mein Aufklärungskommando. Sie sollten rund um die Uhr Augen und Ohren für mich offen halten und selbst den geringsten Hinweis, der mit Bernds Tod zu tun haben könnte, an mich weiterleiten. Wie erwartet stimmten sie sofort zu und nahmen *stante pede* ihre detektivische Mission auf.

»Sherlock Holmes wird erblassen«, bestärkte Poidl meine Hoffnungen in seine mannigfaltigen Fähigkeiten.

Akt IV

Durch den überraschenden Tod meines Bruders war ich unverschuldet zum Besitzenden geworden, was mich hochgradig beunruhigte.

Ich und Hausherr? Lachhaft!

Sogar einen dieser neumodischen Telefonapparate hatte mir Bernds Ableben beschert. Zumindest hatte ich nun immer eine plausible Erklärung parat, wenn ich wieder einmal Stimmen hörte, obwohl niemand im Raum war. Um mich mit den *modernen Zeiten* zu arrangieren, wagte ich den Schritt ins Ungewisse und nahm die Höllenmaschine in Betrieb. Leider blieb es beim bloßen Versuch, denn das Fräulein vom Amt meldete sich nicht, was das jähe Ende meines mutigen Experiments bedeutete. Diese neuartige Technik war eben nichts für mich und machte nur Ärger.

Da lobte ich mir meinen Hoppel. Das Tier war einmalig. Soeben durfte ich den nagenden Kollegen wieder einmal dabei beobachten, wie er binnen zwei Minuten ein Salatblatt eliminierte, das gut eineinhalb mal so groß war wie er selbst. Außerdem vermittelte er mir konstant das Gefühl, sein persönlicher Dienstbote zu sein. Könnte er sprechen, würde er wohl Dinge sagen wie: *»Was ist denn mit der Bedienung los, gibt es hier nichts zu essen? Der Zimmerservice war auch schon mal besser!«*.

Ich drückte meinen Liebling noch einmal und wendete mich der Morgentoilette zu.

»Kann mir jemand erklären, warum mein Eigentum noch immer nicht geräumt ist?«

Ich erschrak auf das Heftigste. Da waren Einbrecher in der Wohnung. Außerdem kam mir diese unangenehm fipsige Frauenstimme auf eine beklemmende Art und Weise bekannt vor, ich konnte sie nur noch keinem Gesicht zuordnen.

Vorsichtig lugte ich aus dem Bad in den Flur, wo sich meine schlimmsten Befürchtungen bestätigten. Ich kannte diese Frau. Ihr Name war, glaube ich, Karin.

Vor ungefähr vier Jahren hatten sich zu meinem größten Bedauern unsere Wege ein einziges, schicksalhaftes Mal gekreuzt.

Diese Frau war eine hinterhältige, berechnende Dorfmatratze, die damals standhaft behauptete, sowohl mit mir wie auch mit meinem Bruder geschlafen zu haben, was wir peinlicherweise vorerst weder bestreiten noch bestätigen konnten, weil wir uns an dem betreffenden Tag im Zuge eines hervorragenden Weinfestes einen exzellenten Vollrausch inklusive totalem Filmriss angezüchtet hatten. Brüderlich geteilt hatten wir im Zuge solcher Festivitäten durchaus die eine oder andere keusche Maid, aber bei dieser Schlampe war das mehr als unrealistisch.

Durchaus real war hingegen die Schwangerschaft, die angeblich aus dieser *Ménage-à-trois* resultierte und die sie sich abwechselnd von einem von uns finanzieren lassen wollte, je nachdem, bei wem sie sich momentan den größeren Erfolg versprach. Da wir uns aber auch in absoluter geistiger Umnachtung unseres Urteilsvermögens sicher sein konnten, lehnten wir diese unvorstellbaren Ansprüche konsequent und strikt ab. Als sich später dank eines unbedarften Stubenmädchens herausstellte, dass doch ihr direkter Vorgesetzter – sie überbrückte die Zeit bis zum sicheren Reichtum mit einer Stelle als Sekretärin an der Friedrich-Wilhelms-Universität –, ein gleichermaßen bekannter wie verheirateter Universitätsprofessor, der wahre Vater war, ließ sie das Kind kurzerhand abtreiben. Seit diesem unseligen Vorfall hatte ich nichts mehr von ihr gehört, was ich keineswegs bedauerte.

Was also wollte sie jetzt von mir?

Sicherheitshalber spielte ich den Ahnungslosen.

»Was kann ich für Sie tun, gnädige Frau?«

»Brich dir mal keinen ab, Max, du weißt ganz genau, wer ich bin, versuche also nicht, mich für dumm zu verkaufen.«

Vermutlich rechnete sie mit einer Reaktion meinerseits, angesichts ihrer wutbebenden Lippen zog ich es jedoch vor, zu schweigen.

»Ich habe von Bernds Tod erfahren«, fuhr sie ungefragt fort.

»Also ist das ein Kondolenzbesuch?«, blieb ich scheinheilig.

»Ich habe hier ein rechtsgültiges Testament, das beweist, dass die Wohnung und überhaupt der ganze Hausstand, Bernds gesamtes Vermögen, alleine mir zustehen«, brüllte sie mir ins Ohr und wedelte dabei mit einem Fetzen Papier, der wohl Klarheit in das von ihr verursachte Chaos bringen sollte.

»Hiermit vermache ich, Bernd Geropolski, mein gesamtes bewegliches und unbewegliches Hab und Gut meiner Verlobten, Frau Karin Laske-Riemer. Gezeichnet: Bernd Geropolski«, war auf dem fragwürdigen Dokument zu lesen.

»Hat er das eigenhändig geschrieben?«, vergewisserte ich mich vorsichtshalber.

»Natürlich, seine Schrift war zwar noch ein wenig zittrig, weil wir gerade eine rauschende Liebesnacht hinter uns hatten, als er das Testament verfasste, aber es entspringt seiner ureigenen Feder«, erklärte sie stolz.

»Das erklärt einiges, denn wenn das der Wahrheit entspricht, hat er sich beim vorhergehenden Geschlechtsverkehr offensichtlich auch noch das letzte Quäntchen Gehirn aus dem Leib gerammelt«, stellte ich trocken fest. »Andernfalls hätte er sich vermutlich an die korrekte Schreibweise seines Namens erinnert, wir heißen nämlich unverändert *Gerepolski*, nicht *Gero-*, und auch daran, dass ein letzter Wille ohne Orts- und Datumsangabe ungültig ist. In diesem Sinne: Schönes Leben noch, dort ist die Tür.«

Karins Gesichtszüge erstarrten augenblicklich zu Stein.

»Ich sagte, er hat das eigenhändig geschrieben und unterfertigt«, beharrte sie.

»Lass gut sein, wir wissen beide, dass das da nicht Bernds Handschrift ist. Ich kenne seine Sauklaue viel zu gut, um auf diese plumpe Fälschung hereinzufallen, und das wird auch kein Gericht dieser Erde tun. Gehe einfach deiner Wege, halte dich von mir fern, und wir vergessen diese unappetitliche Geschichte«, verlor ich nun endgültig die Geduld mit der dreisten Möchtegern-Betrügerin.

»Unappetitlich? Ich werde dir zeigen, was unappetitlich ist«, kreischte sie vollends von Sinnen und zückte ein langes Küchenmesser, das sie während unserer reizenden Unterhaltung hinter ihrem Rücken versteckt gehalten hatte.

Ich kannte das Messer. Sie hatte es aus meiner Küche. Deshalb wusste ich auch, dass es extrem scharf war. Geistesgegenwärtig rettete ich mich durch einen Hechtsprung zurück ins Bad, versperrte die Tür und stemmte mich mit aller Macht dagegen, während die Irre von draußen minutenlang gegen das Holz hämmerte.

Plötzlich war es still. Gespenstische Ruhe.

»Wenn du zu feige bist, deinen Mann zu stehen, müssen eben

deine Liebsten an deiner Stelle leiden.« Karins schrilles Organ durchschnitt die Stille.

Hoppel!

Mir lief es eiskalt den Rücken runter. Dieses Monster würde sicher nicht davor zurückschrecken, einem unschuldigen Tier etwas anzutun. Was sollte ich nur tun?

Als ich bereits kurz davor war, die Nerven zu verlieren und ohne Rücksicht auf Verluste hinauszustürmen und heldenhaft unterzugehen, entnahm ich ihrem wütenden Gezeter, dass der kleine Schlawiner wohl wieder einmal erfolgreich aus seinem Käfig entflohen war. Auf der Suche nach dem vorwitzigen Nager hörte ich sie durch die Wohnung poltern. Nach und nach entfernten sich ihre Schritte, das machte mich mutig. Einen winzigen Spalt wagte ich, die Badezimmertür zu öffnen, aber das reichte völlig aus.

Genau gegenüber, lediglich zwei Zimmer weiter, saß der flauschige Racker, während die tobende Furie ihn im anderen Teil der Wohnung vermutete. Ich gab ihm ein Zeichen, ruhig sitzen zu bleiben, weil ich zur Sicherheit die Lage peilen wollte, aber wie immer ignorierte er meine Anweisungen und rannte direkt los. Ich hätte ihn besser dressieren sollen, aber eigentlich hatte er noch nie auf mich gehört.

»Du bist schon so gut wie im Kochtopf, du zu groß geratene Ratte!« Karins unangenehmes Geschrei überschlug sich und klang dabei bedrohlich nah.

Mir pochte das Herz bis zum Hals. Ich durfte nicht das geringste Geräusch verursachen, das uns verraten könnte. Nach zwei oder drei Sekunden, die sich wie eine halbe Ewigkeit hinzogen, hatte Hoppel die beiden Zimmer durchquert und das sichere Versteck erreicht. Ich verschloss hastig die Tür. Wir waren in Sicherheit. Fürs Erste zumindest, denn wir befanden uns noch immer in der Geiselhaft einer Geisteskranken. Gemeinsam, Hoppel bequem auf einem Handtuch und ich auf dem kalten Fliesenboden, richteten wir uns auf eine längere Belagerung ein, als sich die Geräuschkulisse in der Wohnung schlagartig änderte. Wir hörten nicht mehr die hysterischen Quieklaute der Xanthippe und das Splittern von Glas, sondern dumpfe Männerstimmen, die resolut für Ordnung sorgten.

Es war die Polizei.

Seit wann kamen die denn, wenn man sie wirklich brauchte?

Die Beamten erklärten mir, dass das Fräulein vom Amt sie alarmiert hatte, nachdem ich vergessen hatte, den Hörer wieder auf die Gabel zu legen, und sie so alles mitanhören konnte. Dank der modernen Technik befreite die Polizei mich also aus den Fängen der Wahnsinnigen, ehe Schlimmeres hätte passieren können. Gleichzeitig musste ich allerdings mitansehen, wie selbige die Polizisten geschickt becircte und ihnen tatsächlich weismachen konnte, alles wäre nur ein riesiges Missverständnis gewesen. Trotz meiner eindringlichen Warnungen glückte die List, und das Luder entkam.

Ich befürchtete neue Übergriffe, solange sie in Freiheit war, aber dazu kam es nicht. Karin zog es nämlich vor, unmittelbar nach ihrer gelungenen Flucht und lediglich in Unterwäsche gekleidet, direkt auf die Straße hinauszulaufen und dort hysterisch kreischend wahllos Passanten zu attackieren. Von meinem Fenster aus konnte ich beobachten, wie sie von einigen couragierten Bürgern überwältigt und von denselben Beamten, die sie eben noch hatten laufen lassen, mit Signallicht und Martinshorn in die Psychiatrie überstellt wurde, die sie in absehbarer Zeit nicht mehr verlassen sollte.

Somit herrschte Ruhe.

»Bei dir ist echt immer was los«, damit war diese allerdings auch schon wieder vorüber.

Irina stand zwar mindestens ebenso unerwartet in der Tür wie zuvor Karin, ähnliche Angriffe auf Leib und Leben musste man von ihr allerdings nicht befürchten. Ich lud sie zur Restevertilgung ein, auch wenn ich das Wort ihr gegenüber nicht in den Mund nahm, und erntete Lob für die frischen Brötchen und den hervorragenden Kaffee.

Um ruhiger zu werden, überfiel ich sie erst einmal mit der soeben erlebten Anekdote von Karins Direktfahrt in den Wahnsinn, die sie in voller Länge inklusive jahrelang zurückliegender Vorgeschichte über sich ergehen lassen musste. Nachdem sie geduldig schweigend meinen gewohnt ausufernden Schilderungen gelauscht hatte, überraschte sie mich mit der Tatsache, dass sie ebenjenen Professor, der bereits Karins tiefen Fall eingeleitet und tatkräftig vorangetrieben hatte, nicht nur namentlich kannte, sondern sogar bei ihm studierte und dass sie auch schon wiederholt seinen Belästigungen ausgesetzt war. Vornehmlich im Zuge von Einzelprüfungen. Ein Schicksal, das sie mit sämtlichen weiblichen Studenten der Vorlesung des honorigen Herrn teilte. Alle wussten über die spezielle Vorliebe des schmierigen Herrn Akademikers für blutjunge Mädchen Bescheid, aber als angesehenes Mitglied der Gesellschaft und mit einflussreichen Freunden in sämtlichen wichtigen Positionen von Universität und Stadt hatte er bis dato keinerlei Konsequenzen aus seinem schändlichen Betragen zu erwarten gehabt. An diese Erkenntnis schloss sich Irinas Lieblingsthema, die unvermeidliche Tirade über die Unterdrückung der Frau in der modernen Gesellschaft, an. Nunmehr war es an mir, aufmerksam zuzuhören.

Nach der Exkursion in die Niederungen der Oberschicht rückte mein Überraschungsgast dann mit dem wahren Grund des Besuches heraus.

»Wann und wo findet denn die Bestattung statt? Ich frage nur, weil es jetzt schon ein paar Tage her ist, dass er … und ich möchte ihm natürlich die letzte Ehre erweisen … und natürlich auch dich moralisch unterstützen … und natürlich helfen, wenn ich …«, lavierte Irina nervös um die heikle Materie herum.

»Es wird keine Beerdigung und keine Trauerfeier geben, zumindest nicht in Berlin«, stellte ich unzweifelhaft klar.

»Wenn es an Geld fehlt, kann ich sicher helfen.« Spontan bot sie finanzielle Hilfe an, wobei sie wie eine konspirative Verschwörerin instinktiv die Stimme senkte.

In Kenntnis ihrer monetären Verfassung und wegen der naheliegenden Vermutung, dass die Mittel, mit denen sie so freigiebig zu Werke ging, vermutlich nicht legal in ihren Besitz gekommen sein konnten, sondern aller Wahrscheinlichkeit nach einem ausgiebigen Raubzug durch die Ersparnisse ihrer Familie entsprangen, musste ich allerdings dankend ablehnen, womit ich sie wiederum vor den Kopf stieß.

»Wo willst du ihn denn sonst bestatten lassen? Außerhalb Berlins hatte dein Bruder doch weder Freunde noch Verwandte«, hakte sie hörbar indigniert nach.

»Innerhalb Berlins auch nicht.« Rüde ließ ich ihre mädchenhaft naive Phantasiewelt platzen. »Anwesende natürlich ausgenommen.«

Irina zeigte sich zutiefst verwirrt und erwartete offensichtlich weitere Aufklärung von mir, aber ich war in Eile, weil ich mit Sabine in deren Mittagspause verabredet war. Das genoss absolute Priorität, also konnte ich mich Irinas verwöhnten Problemchen nicht länger widmen. Eine ungewohnte Situation für das Prinzesschen.

»Danke, dass du hier warst, das hat mir sehr geholfen. Ich melde mich bei dir.« Mit diesen Worten heuchelte ich das Wohlstandsgör zur Tür hinaus. Rückwirkend betrachtet existierte keine Rechtfertigung dafür, dass ich noch vor wenigen Jahren eine ernsthafte Beziehung zu ihr angestrebt hatte.

Klappte nicht – Schwein gehabt!

Nachdem ich Irina also endlich losgeworden und ohnehin schon spät dran war, fiel ich beim Verlassen der Wohnung auch noch einem dämlich dauergrinsenden Pärchen in die Arme, das schon den ganzen Vormittag durch die Hausflure strich.

»Wie schön, dass wir Sie noch antreffen«, säuselte mich die verhärmt wirkende Frau in einer unerträglich weihevollen Tonlage an. »Wir sind *ernste Bibelforscher* und wollen mit Ihnen über Gott reden. Noch ist es nicht zu spät …«

»Da muss ich Sie leider korrigieren, schöne Frau, für mich ist es schon viel zu spät.« Schroff schnitt ich ihr das Wort ab. Alles, was irgendwie mit Religion oder Kirche zu tun hatte, fand ich sowieso so nötig wie einen Kropf.

»Wir können auch zu einem anderen Zeitpunkt wiederkommen, wenn der Alltag Sie nicht so fest im Griff hat, und unser Gespräch dann in aller gebotener Ruhe fortsetzen.« Unbeirrt setzte sie ihren Feldzug gegen die Vernunft fort, während der Mann weiterhin nur dastand und unaufhörlich lächelte. Warum eigentlich?

»Mit euch Witzfiguren würde ich nicht einmal reden, wenn ihr *lustige Bibelforscher* wärt, und wenn ich eurem Gott einmal persönlich gegenüberstehen sollte, kann der sich schon mal warm anziehen, dem habe ich nämlich einiges zu erzählen!«, rief ich den beiden zu, während ich unter finsteren Drohungen, beim nächsten Mal meinen bissigen Hund auf sie zu hetzen, die Stufen hinuntereilte.

Da standen sie also mit ihren verdutzten und nicht wirklich hübschen Gesichtern.

Möglicherweise sahen Menschen, die an Gott glaubten, aber auch immer so aus.

Atemlos kam ich kurz darauf bei Poidl an, der mich direkt ins Hinterzimmer durchwinkte, wo Sabine bereits auf mich wartete.

»Kaum zu glauben, aber Herr von und zu Maximilian Gerepolski kommt zu spät, und ich bin pünktlich.« Postwendend erhielt ich die Quittung für meine Verspätung.

»Damit steht es in dieser Wertung ungefähr eins zu vierzehntausend, oder?«, konterte ich kurzatmig.

Poidl stellte mir unaufgefordert ein Glas Bier vor die Nase und setzte sich ebenso ungebeten mit an den Tisch.

»Neuigkeiten?« Er deutete ungeduldig auf den dicken Aktenordner, der vor Sabine lag. »Wichtige Neuigkeiten?«

»Allerdings«, bestätigte diese und öffnete die Ringmappe. »Polizeibericht und Leichenbeschau deines Bruders. Der *Morgenpost* sei Dank!«

»Reife Leistung«, entfuhr es mir bewundernd.

Sabine, die die Papiere zwar entwendet hatte, aber selbst noch nicht durchforsten konnte, und Poidl hingen buchstäblich an meinen Lippen, als ich die Berichte laut vorlas. Nur von Zeit zu Zeit schüttelten sie den Kopf oder runzelten pikiert die Stirn.

Wenn man den Schriftstücken glauben durfte, wurden an Bernds Hemdkragen – und nicht nur dort, was ganz seinem liderlichen Ruf entsprach – Spuren von exquisitem Lippenstift in einer sehr seltenen Farbe gefunden, außerdem befand sich eine kleine Kupfermünze, ein Ein-Reichspfennig-Stück von 1924, unter seiner Zunge, was sogar bei meinem Bruder und seinem bekannt innigen Verhältnis zu Geld nicht der Normalität entsprach. Abgesehen davon gab es weder weitere Spuren noch zusätzliche Ermittlungen oder Untersuchungen, weil die Todesursache und die Begleitumstände von Bernds Ableben für die Polizei derart klar auf der Hand lagen, dass die Akte geschlossen worden war, ehe sie sie überhaupt richtig geöffnet hatten.

»Jetzt liegt es also wieder einmal an uns, das Versagen der Behörden auszubügeln«, konstatierte Sabine.

Ich nickte gedankenverloren und blätterte weiter in den Dokumenten.

»Dann werde ich mal meine Fühler ausstrecken, um die passende Frau zu diesem erlesenen Lippenstift zu finden. Der exklusive Geschmack unserer Verdächtigen sollte mir die Arbeit sehr erleichtern«, zeigte sich Poidl hoch motiviert.

»Wer sagt denn, dass es eine Frau sein muss?«, wandte Sabine ein und erntete dafür einen angewiderten Blick von Poidl, der zurück in den Schankraum musste.

»Ich denke, wir sollten uns primär auf weibliche Verdächtige konzentrieren.«

»Könnte die Münze in seinem Mund eine Botschaft sein?«, dachte ich laut nach.

»Verrenne dich bloß nicht«, holte mich Sabine wieder auf den Boden der Tatsachen zurück. »Wer sollte denn auf diese Art und Weise eine Botschaft übermitteln? Und was will er uns damit sagen? Der Lippenstift scheint mir da der wesentlich erfolgversprechendere Ansatz zu sein. Der weist schon in bestimmte Kreise.«

Verschmitzt grinsend packte sie die Papiere wieder in den Ordner.

»Ich muss die Unterlagen zurückbringen, ehe ihr Fehlen bemerkt wird. Wenn mein Redakteur spitzkriegt, dass ich den Akt außer Haus verbracht habe, dreht er mich ohne Vorwarnung auf links.«

Sprach's und stürmte ohne Verabschiedung zur Tür hinaus.

Ich wollte, ich hätte es in Sachen Energie mit ihr aufnehmen können, aber die Aufregungen der letzten Zeit hatten mich ausgelaugt. Meine Freunde schwärmten aus, um den Tod meines Bruders aufzuklären, und ich saß hier tatenlos herum. Es war paradox, aber momentan für mich nicht zu ändern.

Um wieder zu Kräften zu kommen, verwöhnte ich meinen Gaumen mit einer von Poidls typisch wienerischen Spezialitäten, einem delikaten Kaiserschmarren (mit Unmengen von Rosinen) und dazugehörigem Zwetschkenröster. Laut höchstpersönlicher Aussage des Wirts gab es nichts auf der Welt, das besser zu einem frisch gezapften Bier passte. Der Vollständigkeit halber – und um der Wahrheit zur Ehre zu geben – sei an dieser Stelle allerdings festgehalten, dass Poidl das ausnahmslos über alle seine Speisen zu sagen pflegte.

Die Nahrungsaufnahme spülte wieder Energie in meinen Körper, die Rechnung ging auf. Trotz anhaltender dröhnender Kopfschmerzen und vollgefressen wie ich war, bot ich ihm meine Mithilfe bei der Recherche nach dem ominösen Lippenstift und seiner geheimnisumwitterten Trägerin an, die er sofort nach dem Mittagsgeschäft in Angriff nehmen wollte, aber er lehnte mit der Begründung ab, dass er sich dabei hochsensibler Quellen bediente, die nur ihm allein zur Verfügung standen. Der Kerl verstand es, sich interessant zu machen. Widerworte ließ er sowieso nie gelten, und Reisende sollte man bekanntlich nicht aufhalten.

Auf dem Heimweg genoss ich die intensive Herbstsonne und die kühle Brise, die die Stadt zu säubern schien. Wie immer zeigten sich die öffentlichen Plätze brechend voll. Ich fand es großartig, dass das pralle Leben sich in unserer Zeit auf der Straße abspielte. Das verlieh Berlin ein geradezu südliches Flair. Gestört wurde die großstädtische Idylle nur durch den seit geraumer Zeit stetig steigenden Lärmpegel, den vor allem die unzähligen Parteiaufmärsche zu verantworten hatten, die ihn mit ihren Megaphonen und Gesängen bis ins Unerträgliche anschwellen ließen. Nach und nach fand ich mich sogar mit der Dauerbelästigung ab, nur dass diese stinkenden und noch lauteren Automobile mit erschreckender Rasanz und Konsequenz die guten alten Droschken aus dem Straßenbild verschwinden ließen, wollte ich einfach nicht akzeptieren. Mit vollgeschlagenem Bauch kam ich zwar nur schleppend voran, aber irgendwann ging auch die langsamste Reise zu Ende. Endlich zu Hause, legte ich zuerst die beengende Tageskleidung ab, begrüßte den erneut verwaisten Käfig meines *bissigen Hundes* und erholte mich bei einem ausgedehnten Mittagsschläfchen von den Strapazen des zurückliegenden Tages.

In meinem Kopf drehte sich nach wie vor alles um Bernds Tod und darum, was dahinterstecken könnte, aber im Gegensatz zu meinem leiblichen Wohl hatte es mein arg gebeutelter Geist noch nicht wieder bis zur Normalform geschafft. Irgendwann nickte ich doch ein.

Draußen war es schon dunkel, als mich heftiges Pochen an der Eingangstür hochschrecken ließ. Völlig orientierungslos tastete ich mich durch den Flur. Vor der Tür stand ein mir völlig unbekannter Junge, der eifrig nach Luft schnappte.

»Ihr Freund schickt mich, kommen Sie bitte, schnell«, japste der Steppke.

»Was? Wer? Wohin? Wer bist du überhaupt?« Ich bot kaum eine bessere Figur.

»Icke schickt mich, soll ich Ihnen sagen. Bitte! Es eilt!«

Natürlich wollte ich ihn bei den Nachforschungen unterstützen, schließlich war er ja in meinen Angelegenheiten unterwegs, aber dank des völlig aus dem Ruder gelaufenen Verdauungsschläfchens hatte ich die längst vereinbarte Zeit für unser Treffen verpasst.

»Wird schon nicht um Leben und Tod gehen, Kurzer«, murmelte ich in meinen imaginären Bart, während ich schnellstmöglich in meine Kleider sprang, was in mannigfachen filmreifen Einlagen gipfelte. Letztlich gelang die Übung.

Kaum auf der Straße, führte mich der beharrliche Laufmeter immer weiter in Richtung jener Viertel, die ich im Normalfall lieber mied. Außerdem beschlich mich der dringende Verdacht, dass er mir bei allem Zerren den Arm ausreißen würde, sobald ich nicht mehr mit ihm Schritt halten konnte.

»Da ist es«, deutete er kurz darauf auf ein baufälliges Backsteinhaus und verschwand wieselflink in der Nacht, bevor ich mich erkenntlich zeigen konnte.

Obwohl ich beim Betreten des unheimlichen Gemäuers größtmögliche Vorsicht walten ließ, beschlich mich ein ungutes Gefühl voller dunkler Vorahnungen. Auf die Tortur einer Schnitzeljagd in beklemmender Dunkelheit hätte ich gut verzichten können. Hätte ich nicht verpennt, wäre sie mir erspart geblieben, aber jetzt war kein günstiger Zeitpunkt für eine Selbstgeißelung. Das Gebäude war absolut menschenleer und friedhofsstill. Ich konnte meinen Atem und meinen Pulsschlag hören. Langsam tastete ich mich ins Obergeschoss. Die Szenerie war rundum gruselig.

»Kein Laut, sei bloß still«, bedeutete mir Icke, der wie aus dem Nichts aufgetaucht war, zu schweigen und zog mich an meinem Arm zu Boden, wo wir beide hinter einer alten, durchgelegenen Matratze Schutz fanden.

»Bist du wahnsinnig? Mich hätte fast der Herzschlag geholt«, flüsterte ich entnervt.

»Schreckhaftigkeit sollte unser kleinstes Problem sein«, wisperte Icke geistesabwesend, während er auf das gegenüberliegende Haus starrte.

»Warum genau kauern wir auf dem Boden und flüstern?«, fragte ich zur Sicherheit nach, erhielt aber keine Antwort auf meine Frage.

»Ich starre mir seit einer Ewigkeit die Augen aus dem Kopf, aber ich kann in der Dunkelheit nichts erkennen«, gab sich Icke weiterhin rätselhaft.

Auch ich vermochte nichts zu erkennen. Es war stockdunkel. Allerdings hatte ich nicht den blassesten Schimmer, wonach wir so angestrengt Ausschau hielten.

»Da, da sind sie. Verdammt!« Icke unterdrückte nur notdürftig sein Entsetzen.

Trotz intensivster Bemühungen vermochte ich der Schwärze weiterhin keine Details zu entlocken. Wie in Hypnose verlor sich mein Blick im Dunkel der Nacht.

»Dort, wo du hinsiehst, ist absolut gar nichts.« Icke stieß mich in die Seite.

»Danke für den Hinweis, ist mir auch schon aufgefallen.« Langsam verlor ich die Geduld, während Icke behutsam meinen Kopf in die andere Richtung drehte.

Im gegenüberliegenden Haus tanzten Lichtkegel an den teilweise zerbrochenen Fensterscheiben vorbei, gefolgt von bedrohlich anmutenden Schatten. Gut und gerne fünfzehn bis zwanzig Mann. Icke formte mit seinen Fingern ein Hakenkreuz.

»Heiliger Strohsack!«, entfuhr es jetzt auch mir. »Gut, dass wir nicht da drüben sind.«

»Wir nicht, aber Poidl«, hauchte Icke, ohne seinen Blick abzuwenden.

Mir lief es heiß und kalt den Rücken hinauf und auch gleich wieder hinunter.

»Wir wurden getrennt, alle Erklärungen später«, erklärte Icke mit auf die Lippen gelegtem Zeigefinger, noch bevor ich auf die Schreckensnachricht überhaupt angemessen reagieren konnte. »Wenn die ihn finden, ist er erledigt.«

Die Sekunden zogen sich wie Stunden, während wir, unfähig uns zu bewegen, das Geschehen im Nebenhaus beobachteten.

Verhalte dich bloß ruhig, alter Freund, spukte es mir durch den Kopf, wohl wissend, dass genau darin nicht gerade Poidls Stärke lag.

Die Spannung in der Luft knisterte förmlich und wurde von Moment zu Moment unerträglicher. Ich war nicht einmal sicher, ob ich in den letzten Minuten auch nur ein einziges Mal Atem geschöpft hatte. Sollten wir alle heil aus diesem Schlamassel herauskommen, würde ich mich sogar bereit erklären, in der nächstbesten Kirche eine Kerze zu entzünden, und das wollte was heißen.

Doch die Kerze sollte unangetastet bleiben.

Urplötzlich war die Luft erfüllt von wildem Geschrei aus zahlreichen Kehlen. Trotz des chaotischen Stimmengewirrs erkannte ich deutlich Poidls vertrauten Zungenschlag, der seine Angreifer mit einer wüsten Schimpfkanonade überzog. Vis-à-vis erkannte man nun deutlich die Umrisse der Prügelei. Das Geschrei war unter Garantie meilenweit zu hören.

»Sie haben ihn entdeckt. Komm! Wir müssen ihm helfen, auch wenn es unseren Tod bedeutet«, schrie mir Icke ins Ohr (Zurückhaltung war nach dieser Entwicklung ohnehin nicht mehr gefragt) und lief ins Treppenhaus. »Sie sind im dritten Stock.«

Ohne zu zögern, sprang ich ebenfalls aus unserem Versteck hervor und folgte ihm, so schnell mich meine Beine trugen. Die Zahl der Stufen schien mir endlos zu sein. Just in dem Moment, in dem ich das Parterre erreicht hatte und ins Freie stürmen wollte, brach das Kampfgejohle unvermittelt ab. Der gespenstischen Stille folgte ein lang gezogener, markerschütternder Schrei, dem durch einen dumpfen Aufprall ein jähes Ende bereitet wurde. Ich versteinerte augenblicklich. Man musste kein Hellseher auf dem Jahrmarkt sein, um zu wissen, was soeben passiert war. Die feige Bande hatte ihre Übermacht von zwanzig zu eins schamlos ausgenutzt, um Poidl in eine Ecke zu drängen, auf den Wehrlosen einzuprügeln und ihn schließlich wie einen alten Kartoffelsack aus dem Fenster zu werfen. Der Ärmste hatte keine Chance.

Das aufbrandende Triumphgeheul dieser Herde von wilden Tieren bestätigte nur meine schlimmsten Befürchtungen. Ich taumelte ein paar Schritte zurück, spürte das kühle Mauerwerk an meinem Rücken und ließ mich an der Wand hinab zu Boden gleiten. Niemand konnte mir später sagen, wie lange ich regungslos in dieser Position verharrt und Maulaffen feilgehalten hatte. Lediglich ein paar flüchtige Eindrücke und Wortfetzen, die wie aus weiter Ferne an mein Ohr drangen, verbanden mich noch mit der Außenwelt.

Als die Realität mich irgendwann wieder bei sich aufnahm, war alles voller fremder Menschen, die wild gestikulierten und einander anschrien. Darum konnte ich mich jetzt nicht kümmern. Wie ein angeschlagener Boxer, dem siedend heiß bewusst wurde, dass er soeben den wichtigsten Kampf seines Lebens verloren hatte, wankte ich in Richtung des Unglückshauses, wo ich mit tief gesenktem Kopf beinahe mit zwei Schutzmännern zusammengestoßen wäre, die – viel zu spät – doch noch aufgetaucht waren und sich nunmehr anschickten, den Schauplatz der Tragödie wieder schnellstens zu verlassen.

»Ihr Freund wartet im dritten Stock auf Sie. Seien Sie bloß vorsichtig dadrin, ich will nicht noch einmal in diese miese Gegend rauskommen müssen«, raunte mir der dickere der beiden Uniformierten in typisch berlinerischer Freundlichkeit zu.

»Werde mein Möglichstes tun.«

In einer verwaisten Wohnung im Obergeschoss fand ich Icke, der auf einer Fensterbank saß und ins Nichts starrte.

»Hier muss es passiert sein.«

Seine Stimme klang ungewohnt hohl, außerdem konnte ich mit der für ihn charakteristischen kryptischen Aussage partout nichts anfangen und nahm daher vorsichtshalber auf dem, was früher vermutlich einmal ein Sessel gewesen war, Platz.

»Das muss das Fenster sein, aus dem sie ihn geworfen haben. Er ist tot. Er kommt nicht mehr zurück«, fuhr Icke regungslos fort, ohne sich mir zuzuwenden.

Erst jetzt, wo er es aussprach, quasi das Kind beim Namen nannte, fuhr mir der Schreck erneut wie ein glühender Stahlstift in die Glieder, und ich erfasste die gesamte Tragweite des Dramas, auch wenn ein Teil von mir es nach wie vor leugnete.

Poidl sollte tot sein?

Das war doch nicht möglich. Noch vor wenigen Stunden hatte ich mit ihm am gleichen Tisch gesessen, und wir lachten und redeten. Höchstens einen halben Tag konnte das zurückliegen. Zu wenig, um sein Leben einfach so auszuhauchen. In so kurzer Zeit durfte doch niemand sterben. Nicht mein Poidl.

»Wie konnte es so weit kommen? Du wolltest es mir später erklären, und ich denke, es ist später. Sicher bin ich an seinem Tod schuld«, flüsterte ich fassungslos.

Icke drehte sich zu mir um und blickte mich mit einer Mischung aus Unverständnis und Mitleid an.

»Keine Sorge, du bist nicht verantwortlich für seinen Tod«, beruhigte er mich wie ein heuchlerischer Pfaffe seine ahnungslosen Schäfchen und fixierte dabei wieder jenen Punkt in der Dunkelheit, den nur er zu erkennen vermochte. Angesichts dieser Absolution sollte ich erleichtert aufatmen, was mir im Bewusstsein der tragischen Umstände jedoch nicht gelang. Also versuchte ich verzweifelt, meine wild kreisenden Gedanken zu ordnen, doch auch das schlug fehl.

»Warum wart ihr eigentlich gemeinsam hier?« Diese Frage beschäftigte mich schon die ganze Zeit. »Das war doch so gar nicht geplant.«

Icke schmunzelte gequält und glitt von der Fensterbank.

»Du wolltest uns zwar getrennt halten, aber in Wahrheit haben Poidl und ich von der ersten Minute an zusammengearbeitet, um den Mörder deines Bruders dingfest zu machen. Dein seelischer Zustand macht dich nämlich nicht gerade zur großen Hilfe.« Mit bittersüßem Genuss begann er seine Ausführungen.

»Und ich kann dir sagen: Poidl und meine Wenigkeit waren ein phänomenales Duo! Binnen kürzester Zeit haben wir mehr Informationen zu Bernds Tod zusammengetragen, als Polizei und Ämter es mit ihren Nachforschungen je gekonnt hätten, wenn sie solche überhaupt durchgeführt hätten. Echte Bluthunde waren da am Werk, kann ich dir sagen, zielgerichtet und hungrig. Natürlich hat uns auch Sabine ein wenig dabei geholfen, ihren Beitrag will ich gar nicht unerwähnt lassen, aber zurück zu mir. Einem heißen Tipp folgend ist es mir heute gelungen, mich ins Leichenschauhaus zu schmuggeln, um die Leiche deines Bruders persönlich in Augenschein zu nehmen. Den Behörden können wir in dieser Hinsicht nicht vertrauen, das haben sie ja hinlänglich unter Beweis gestellt.«

»Und? Hast du etwas entdeckt?«, insistierte ich ungeduldig.

»Im Moment sind es noch viele lose Fäden, die erst verknotet werden müssen. Klar ist nur: Die Sache mit dem Lippenstift ist gleichermaßen mysteriös wie unappetitlich.«

Icke verzog angewidert das Gesicht.

Zu diesem Zeitpunkt dachte ich, Poidls Tod hätte ihn aus der Bahn geworfen – außerdem liebte er es bekanntlich, sich in Geheimnisse zu hüllen –, doch das sollte sich nur als ein Teil der Wahrheit herausstellen.

»Und Poidl?«, fragte ich ängstlich.

In meinem tiefsten Inneren wollte ich die Antwort auf die Frage gar nicht hören.

»Poidl stand Schmiere vor dem Bestattungsunternehmen«, fuhr Icke ungerührt fort. »Bevor ich reinging, sagte er mir, dass er eine wichtige Information aufgeschnappt hätte, aber ich Idiot meinte, das hätte Zeit, bis ich wieder herausgekommen war.«

»Das war wohl ein Irrtum.« Diesen Vorwurf konnte ich meinem Freund nicht ersparen.

»Ja, das war ein Irrtum.« Er schüttelte fassungslos den Kopf. »Ich hatte meine Aufgabe in der Aufbahrungshalle zu meiner vollsten Zufriedenheit erledigt und war schon wieder auf dem Weg zurück, da hörte ich plötzlich einen Tumult auf der Straße. Natürlich wurde ich nervös und rannte so schnell wie möglich zum vereinbarten Treffpunkt, aber Poidl war nicht da, nur ein Schlägertrupp dieser verdammten Nationalsozialisten. Zweifellos die Letzten, die ich dort sehen wollte.«

Icke bemerkte das panische Flackern in meinen Augen.

»Ganz genau«, seufzte er resignierend.

»SA, Sturm-Staffel oder so ähnlich, nennen die Rechten diesen Zusammenschluss von Geisteskranken. Poidl hat mir noch kurz vor seinem Tod erzählt, dass er einem Stoßtrupp der Braunhemden vor gar nicht allzu langer Zeit Lokalverbot bei sich erteilt und dieses mit Hilfe von ein paar Freunden und ein paar Holzknüppeln standesgemäß untermauert hatte. Seither haben sie ihn wohl beobachtet und auf Rache gesonnen. Den Rest der Geschichte hast du ja selbst miterlebt. Diese ehrlosen Bastarde! Am liebsten würde ich jeden dieser Verbrecher eigenhändig an seinen Gedärmen aufhängen. Verdient hätten sie es. Allesamt.

Und noch viel mehr!« Icke hatte sich nun endgültig in Rage geredet.

Ich versuchte, ihn zu beruhigen, aber das Unterfangen war aussichtslos.

»Weißt du, was dem Fass den Boden ausschlägt? Exakt mit den gleichen Worten habe ich die Sachlage vor fünf Minuten den Schutzmännern, die in alter Tradition erst auf der Bildfläche erschienen waren, als alles längst vorbei war, dargelegt, aber die denken nicht einmal daran, etwas gegen die braune Brut zu unternehmen. Die Schuldfrage sei weder eindeutig geklärt noch die Tat mit Sicherheit bewiesen, so redet sich unsere Exekutive heraus, während rundum Unschuldige sterben. Alle wissen, dass die Schergen der NSDAP hinter diesem Mord und vielen anderen Gewalttaten stecken, aber Polizei und Politik halten schützend die Hand über sämtliche kriminellen Machenschaften. Kannst du mir das erklären?«

Natürlich hatte ich keine Erklärung für die skandalösen Zustände und die immer dreister zutage tretende Korruption bis hinauf in die höchsten Führungskreise, wo nur noch Vetternwirtschaft und schamlose Machtgier regierten, parat, dafür packte mich ehrliches Unbehagen bei dem Gedanken, dass die ruchlosen Schläger hierher zurückkommen könnten, also drängte ich Icke zum unmittelbaren Aufbruch.

»Jedenfalls trifft dich wirklich und wahrhaftig nicht die geringste Schuld an Poidls Tod.« Erneut erteilte er mir beim Verlassen des Gebäudes seine private Form der irdischen Vergebung, die mir allerdings nicht den geringsten Trost zu spenden vermochte, ebenso wie die sakrale Variation es nicht vermocht hätte.

»Es hätte nichts geändert, wenn du hier gewesen wärest. Rein gar nichts.«

»Ich kam, so schnell ich konnte. Vergiss nicht mein biblisches Alter«, rechtfertigte ich mich.

»Und warum hat das dann so lange gedauert?« Diesen sanften Vorwurf konnte sich Icke doch nicht verkneifen. »Ich habe den Kurzen zu dir losgeschickt, lange bevor die erste Hakenkreuzfahne am Horizont auftauchte.«

»Dann such dir das nächste Mal einen flinkeren und schlankeren Boten. Deine Wahl ist ja nicht gerade auf einen Windhund gefallen.« Ickes Versuch, mir ein noch schlechteres Gewissen zu machen, erteilte ich eine Abfuhr.

»Werde mich bemühen«, murmelte er geistesabwesend.

Ich beschloss, dass heute niemand aus Poidls engstem Freundeskreis alleine bleiben sollte, und lud daher Sabine, Icke und Mazze, quasi den Kreis der Vertrauten, zu mir nach Hause ein, wo wir gemeinsam und ungestört den Tod eines geliebten Menschen beweinen konnten. Sogar Hoppel, der sich durch die Trauernden einer noch größeren Zahl von Streicheleinheiten erfreuen durfte als sonst, wirkte niedergeschlagen.

»Also haben wir jetzt zwei Morde aufzuklären«, resümierte Sabine nach unzähligen Flaschen Wein, Bier und Korn – getrunken wurde, was greifbar war – und noch viel mehr Tränen und Schreikrämpfen.

»Leider nicht«, lallte Icke und erzählte die unglaubliche Geschichte rund um Poidls Tod und die offenkundige Narrenfreiheit, die seine Mörder bei der Justiz genossen, noch einmal, was die allgegenwärtige Bestürzung sofort in bedeutend größere Fassungslosigkeit und blinde Wut umschlagen ließ.

»Zeigt mir die Parteizentrale der Hunde, und ich sprenge sie.« Mazze brachte unser aller Stimmungslage eindrucksvoll auf den Punkt.

Erfolglos versuchten wir, uns unsere Trauer, unseren Frust und unseren Zorn von der Seele zu reden, aber zumindest eine gewisse Erleichterung stellte sich ein, während wir alte Schnurren wieder aufwärmten und gemeinsam Poidls zahlreiche Marotten und *Poidliaden*, wie wir seine gleichermaßen aus Schabernack und Tollpatschigkeit resultierenden Anekdoten liebevoll nannten, noch einmal Revue passieren ließen. Und so schritt die Zeit voran.

Nach und nach verstummten die Teilnehmer unserer überschaubaren Runde, um dem übermäßigen Alkoholgenuss Tribut zu zollen und in unruhigen Schlaf zu verfallen, bis nur mehr meine Wenigkeit das Bierglas tapfer hochhielt. Nun bewährte es sich, dass ich den ganzen Abend hindurch monogam zu einem Getränk gestanden hatte, während meine Mitstreiter Bier, Wein und Schnaps munter durcheinandermischten und jetzt die Quittung dafür präsentiert bekamen.

Ich sah mich nicht in der Lage, einzuschlafen. Vor allem fürchtete ich die unvermeidbaren Alpträume, die mich heimsuchen würden, sobald ich die Augen schloss, also zog ich es vor, mir ein heißes Bad zu bereiten, um die restliche Nacht zu überstehen.

In der Entspannung eines Wannenbades waren mir seit jeher die besten Ideen gekommen. Stundenlang lag ich da und heftete meinen leeren Blick an die Decke, dabei wollte mir – aus leicht nachvollziehbaren Gründen – der Refrain eines alten Schlagers nicht mehr aus dem Sinn gehen. Die Zeilen marterten mich die ganze Nacht.

Wie kommt der Lippenstift in Lehmanns Unterbett?
Wie? Wie? Wie?
Wenn ich doch davon nur 'ne leise Ahnung hätt'.
Wie? Wie? Wie?
's ist so ein kleiner, roter, runder,
ja, dieser Stift bei Lehmann bleibt ein Wunder!
Wie kommt der Lippenstift in Lehmanns Unterbett?
Wenn ich nur wüßt', von wem er ist!

Das Badewasser war längst kalt geworden. Als ich ins Wohnzimmer zurückkehrte, schliefen meine Freunde noch immer. Unruhig warfen sie sich von einer Seite auf die andere, nur Icke hatte genug getrunken, um völlig unbeweglich dazuliegen. Stocksteif wie ein toter Fisch. Was für eine beneidenswerte Bewusstlosigkeit.

Da ich noch immer nicht den Funken von Müdigkeit verspürte, okkupierte ich den letzten freien Sessel, um den herannahenden Tag abzuwarten. Es war ganz sicher nicht das erste Mal, dass ich nach einer durchwachten Nacht die ersten Sonnenstrahlen begrüßte, aber definitiv der entbehrlichste Anlass, den man sich vorstellen konnte.

Das gemeinsame Katerfrühstück beschränkte sich auf Tomatensaft mit rohem Ei, gourmetmäßig verfeinert mit je einer Prise Salz und Pfeffer und einem Spritzer Tabascosoße – einem Geschenk von Veronikas Bruder, der das Mitbringsel als willkommenen Vorwand zu nutzen pflegte, um stundenlang von einer Jahre zurückliegenden Amerika-Reise zu erzählen, aber der Geschmack war es wert.

Wenn man davon nicht wieder klar im Kopf wurde, wurde man es nie wieder.

»Konnte Poidl vor seinem Tod noch etwas über die geheimnisvolle Münze, die bei Bernd gefunden wurde, in Erfahrung bringen?« Tapfer stemmte sich Sabine gegen das Vergessen, was allerdings überflüssig war, denn wir konnten und wollten uns zur Zeit sowieso keinem anderen Thema widmen.

»Poidl und ich waren bei Bernds Arbeitsstelle an der Börse.« Icke verabsäumte nicht, erneut seine Verdienste bei den Nachforschungen gebührend hervorzuheben.

»Alles, was mir zu den Zuständen dort einfällt, ist: Sodom und Gomorrha!«

Mazze richtete sich interessiert auf, auch ich war neugierig geworden.

»Her mit den schmutzigen Details«, ereiferte sich Sabine und schaffte es auf ihre ureigenste Weise, uns erstmals wieder zum Lächeln zu bringen.

»In diesem Büro regiert die ultimative Zügellosigkeit«, setzte Icke dramatisch an.

»Innerhalb der Kollegenschaft, mit der wir uns unterhalten durften, eröffnete sich ein endloser Reigen von ständig wechselnden Liebschaften, ein kaum durchschaubares Geflecht von flüchtigen Beziehungen und andauernder Unzucht. Männer mit Männern, Frauen mit Frauen, manchmal sogar mehrere Frauen mit mehreren Männern, das war das Gebiet, auf dem sich dein Bruder die höchsten Verdienste erworben hat. Und Bernds Chef, mit dem ihn offenbar eine sorgsam gepflegte Männerfeindschaft verband, glänzt vor allem durch Unfähigkeit und schier grenzenloser Dummheit, aber man sagt ihm ausgezeichnete Kontakte zur Politik nach, weshalb er trotz eindrucksvoll erwiesener Inkompetenz weiterhin fest im Sattel sitzt. Zumindest theoretisch, denn seit besagtem Freitag hat ihn niemand mehr zu Gesicht bekommen. Er gilt als vermisst.«

Icke hob die Augenbrauen und zwinkerte mir zu.

»Leider haben die Gespräche mit Bernds Kollegen aber auch ergeben, dass besagter Reichspfennig in seinem Mund nur eine kalte, tote Spur war, die uns beinahe in die Irre geführt hätte. Das Geldstück war sein persönlicher Glücksbringer, von dem er sich nie getrennt hätte und den er bereit war, mit seinem Leben zu beschützen. Die einzigartige Beziehung zu der Münze ergab sich daraus, dass Bernd das gute Stück vor geraumer Zeit unter besonderen Umständen auf der Straße gefunden hat. Die Tatsache, dass er den Pfennig am Straßenrand liegen sah und sich danach bückte, um ihn aufzuheben, rettete ihn vor dem sicheren Überfahrenwerden durch einen betrunkenen Droschkenfahrer, dem das Pferd durchgegangen war. Seither war dein Bruder von der Idee besessen, dass er sterben würde, wenn ihm sein Talisman, der ihm schon einmal das Leben gerettet hatte, jemals abhandenkommen sollte. Viele im Büro hatten ihn schon früher dabei beobachtet, wie er sich die Münze in den Hosenbund oder sogar in den Mund steckte, um sie nur nicht weglegen zu müssen und so in Sicherheit zu wissen. Das Kleinkapital bringt uns also keinen Schritt voran«, schloss Icke seine Geschichte ab.

Die Anekdote passte zwar hervorragend zu meinem Bruder, aber leider nicht in unsere Ermittlungen.

Icke verabschiedete sich, um sein Lokal für das Mittagsgeschäft zu öffnen, Sabine wurde in der Redaktion erwartet, Mazze begleitete Icke, um sich dort weiter zu betrinken, und ich brauchte dringend eine Mütze voll Schlaf. Das Risiko von grässlichen Alpträumen musste ich dabei wohl oder übel in Kauf nehmen, wenn ich nicht deutlich früher als allgemein erwartet den Verstand verlieren wollte.

Bevor ich endgültig zu Bett ging, knöpfte ich mir noch die Morgenausgaben der großen Tageszeitungen vor, sollte das aber schnell bereuen.

Die unmittelbaren Auswirkungen der Krise zeigten sich nun doch erheblich stärker, als das von offizieller Seite ursprünglich erwartet worden war. Wie ein ins Wasser geworfener Stein die unvermeidbaren Kreise, zog die Ausnahmelage als unweigerliche Reaktion auf den befürchteten totalen Zusammenbruch politische Agitation und lautstarke Kundgebungen, gleichermaßen von links wie rechts, nach sich. Ständig begleitet von gewalttätigen Ausschreitungen und buchstäblichen Straßenschlachten, die in absehbarer Zeit in bürgerkriegsähnliche Zustände zu münden drohten. Jede Seite wollte der Messias sein.

Und eine Verbesserung der Lage war nicht in Sicht. Ganz im Gegenteil.

Das war also die ernüchternde Bilanz des zurückliegenden Tages: Vom Mörder meines Bruders fehlte nach wie vor jede Spur, die Welt wurde von korrupten Idioten regiert und stand am Abgrund – und mein bester Freund war tot.

Entracte

Vermutlich gab es nicht viele unangenehmere Tätigkeiten, als den Nachlass und die Habseligkeiten seines verstorbenen Bruders sichten und dessen Angelegenheiten regeln zu müssen, doch genau diese Aufgabe lag vor mir. Unter Aufbietung sämtlicher Ausreden, die ich seit Bernds Tod ersinnen konnte, hatte ich mich bis zu diesem Moment vor dieser Pein gedrückt, aber jetzt gab es kein Entrinnen mehr. Da sich das Problem zu meiner größten Überraschung nicht von selbst in Wohlgefallen auflöste, musste ich in den sauren Apfel beißen, und dafür war jeder Zeitpunkt gleichermaßen schlecht.

Bernds Reich ähnelte eher einem Zelt im afrikanischen Busch als der Wohnung eines zivilisierten Wesens. Dabei war er sonst so pedantisch, wenn es um seine geliebten Zahlen und Besitztümer ging. Schon von Kindesbeinen an hatte ich mich gewundert, wie ein einzelner Mensch es schaffte, ein derartiges Übermaß an völlig nutzlosem Tand anzuhäufen. Ich vermutete, dass es nur deshalb dazu kommen konnte, weil er einfach genug Platz dafür hatte, aber ob mein Verdacht begründet war, würde ich nie erfahren. Es zeichnete meinen Bruder auf eine spezielle Weise aus, dass er alles, was er tat, richtig und ohne Maß und Ziel absolvierte, auch wenn es der größtmögliche Unsinn war.

Das Chaos sprach Bände. Ich wusste gar nicht, wo ich anfangen sollte, ohne in Papier oder Krempel zu versinken. Während ich noch an der Oberfläche kratzte, beförderte ich neben einem bunten Kaleidoskop der Nutzlosigkeiten aus aller Herren Länder bereits Dutzende von Büchern, aber vor allem Hunderte handbeschriebene Seiten mit endlosen Zahlenkolonnen, deren Sinn sich mir einfach nicht erschließen wollte, zutage.

Angesichts dieser Ausbeute wunderte mich das schrullige und durchaus als exzentrisch zu bezeichnende Wesen meines seligen Bruders immer weniger. Ich war schon nach zwei Stunden kurz davor, den Überblick zu verlieren, dabei hatte ich gerade erst die Spitze des Eisbergs am Horizont erblickt.

Bei dieser Gelegenheit entdeckte ich auch den Satz Maultrommeln wieder, den er sich vor zig Jahren von mir geliehen hatte, um eine Musikerin, seine damalige Favoritin, zu beeindrucken und quasi mit ihren eigenen Mitteln zu umgarnen. Das Unterfangen scheiterte ebenso kläglich wie meine Hoffnung, die Instrumente jemals wiederzusehen. Ich dachte, er hätte sie aus lauter Wut über den Fehlschlag in den Müll geworfen oder – was ungleich wahrscheinlicher erschien – sogar verkauft, um sich zumindest pekuniär schadlos zu halten. Wie sich herausstellte, waren die Maultrommeln lediglich in den Strudel der überzähligen Gegenstände geraten und hatten sich sedimentartig abgesetzt, bis meine archäologische Expedition sie wieder zutage beförderte. Freilich ein Fund ohne tiefer gehende Bedeutung, denn wer spielte schon freiwillig Maultrommel?

Um ein Mindestmaß an Überblick zu behalten, bildete ich aus Bernds Habseligkeiten drei Stapel: einen Stapel mit Büchern, die mich interessierten, einen Stapel mit Souvenirs und Dekorationen, die ich in der Wohnung behalten wollte, und einen Stapel – den mit Abstand umfangreichsten – mit all dem Zeug, das ich gar nicht schnell genug loswerden konnte. Dort sammelten sich schnell sämtliche Bücher über Geld, die Börse und das Geldverdienen, endlose Meter von Zahlenreihen und ein stattlicher Berg von Kitsch, für den mein Bruder seit jeher eine ominöse Schwäche hegte.

Der Nachteil meines ansonsten genialen Systems bestand darin, dass ich jedes Blatt Papier und jeden winzigen Ziergegenstand erst einmal in die Hand nehmen und auf seine Relevanz taxieren musste. Es war mehr als mühsam, aber auch die langweiligste Betätigung nähert sich irgendwann unweigerlich ihrem Ende. In meinem Fall in Gestalt eines unscheinbaren Büchleins, dunkelbraun, fest gebunden, gute einhundertfünfzig Seiten stark und im hintersten Winkel, aber trotzdem gut zugänglich, angesiedelt. Irgendwie wirkte es bewusst platziert.

Meine Neugier hielt sich in eng überschaubaren Grenzen, rechnete ich doch mit einem weiteren Konvolut an für mich rätselhaften Zahlenkolonnen und ebenso unverständlichen Chiffren aus der dunklen Welt des Kapitalismus, also meines natürlichen Feindes. Auf den ersten, flüchtigen Blick war dem auch so, und ich wollte das Buch schon auf den Stapel der todgeweihten Fundstücke geworfen haben, aber dann fiel mir auf, dass mein Bruder in dem unscheinbaren Büchlein mit seinen säuberlich handbeschriebenen Seiten keineswegs dubiose Geldflüsse, sondern vielmehr sein nicht weniger unergründliches Privatleben verewigt hatte, wobei ich bis zu diesem Zeitpunkt nicht einmal gewusst hatte, dass er ein solches besaß.

Mir war also tatsächlich Bernds Tagebuch in die Hände gefallen. Ich war gefesselt von der unerwartet spannenden Lektüre, bis zu diesem Moment hatte ich auch keine Ahnung gehabt, dass mein Bruder überhaupt Tagebuch geführt hatte. Umso erstaunter war ich, als ich herausfand, dass hier – akribisch genau wie seine Berechnungen – vor allem seine erotischen Eroberungen aufgelistet waren, was ich erst nach einiger Anlaufzeit, die ich zur Entschlüsselung eines raffinierten Codes benötigte, mit dem er jede seiner Damen und Aktivitäten verklausuliert hatte, herausfand.

Der alte Schlawiner!

Persönliche Eintragungen zu Befinden und Gefühlswelt erwiesen sich rasch als Mangelware, aber dennoch verdichtete sich das Bild des Liebeslebens meines verblichenen Bruders immer mehr, wobei ich auch sehr viel Neues über ihn erfuhr, was mir selbst während der langjährigen räumlichen Verbundenheit und Enge des Zusammenlebens verborgen geblieben war.

Die neuen Erkenntnisse gereichten ihm allerdings nicht gerade zum Vorteil. Vielmehr manifestierte sich jener Charakter, der ihm bereits zu Lebzeiten – und augenscheinlich zu Recht – von mehreren Seiten angedichtet worden war, nämlich der des unbeirrbaren Egoisten, der zur Erlangung seiner Ziele auch den Gang über Leichen nicht scheute. Das Ausmaß der Selbstverliebtheit und des zügellosen Eigenlobs, das mir aus den Zeilen entgegenlächelte, bestätigte überdies ein weiteres Mal meine Ansicht, dass ein Mann dieser Strickart niemals Selbstmord hätte begehen können.

Nachdem wir zu Lebzeiten offensichtlich konsequent aneinander vorbeigelebt hatten, bildeten die Namen und Personen in diesem Buch die letzte Chance, mehr über den gesellschaftlichen Hintergrund meines Bruders und somit hoffentlich auch über die Umstände seines Todes, die nach wie vor im Dunkeln lagen, herauszufinden.

Meine Neugier war geweckt, und meine zwischenzeitlich ermattete Motivation, den Mord aufzuklären – und nichts anderes war es für mich –, stärker denn je. Das jetzt so unvermittelt gefundene Tagebuch sollte die Basis für die Wiederaufnahme der Ermittlungen auf eigene Faust bilden, die ich unter dem Schock über Poidls Tod jäh aufgegeben hatte. Den Gang zur Polizei schenkte ich mir bewusst. Schon von Anfang an wollten die Beamten von neuen Fakten und Indizien sowieso erst gar nichts hören, jede Kontaktaufnahme mit der Exekutive wäre in meinem Fall blanke Zeitverschwendung gewesen.

Zuallererst galt es, Bernds Code vollständig zu knacken und somit Zugang zu wirklich allen Informationen zu erhalten, was gar nicht so einfach war, wie es anfangs schien, denn sogar die mutmaßlichen Namen der Frauen waren verschlüsselt, alle anderen heiklen Einträge zu den Kleinodien seines Lebens sowieso.

Aber von diesen Unwägbarkeiten würde ich mich nicht aufhalten lassen. Für Bernd – und jetzt auch für Poidl – würde ich mich auf die Suche nach dem Mörder machen.

Bei der Dechiffrierung des verschlüsselten, quasi intimen Teils des Tagebuches erwies es sich wieder einmal als unschätzbarer Vorteil, den Verfasser gut zu kennen oder, wie in meinem Fall, die Kindheit mit ihm verbracht zu haben. Da überbordende Kreativität niemals zu den Lastern meines Bruders gezählt werden konnte und er überdies, abgesehen von seinen häufig wechselnden Gespielinnen, das Paradebeispiel eines Gewohnheitstiers abgab, traf mein allererster Gedanke auch direkt ins Schwarze.

Bernd hatte unseren alten *Codex Numero 4*, bei dem jeder Buchstabe im Alphabet einfach um den Faktor vier verschoben wurde, verwendet. Damit hatten wir schon in Kindertagen sämtliche Erwachsenen und Gleichaltrigen sukzessive in den Wahnsinn getrieben, weil sie die simple Lösung für unsere Geheimnachrichten, die sich für sie lediglich wie unverständliches Kauderwelsch anhörten und lasen, einfach nicht erkennen wollten. Auf diese Art konnten wir ruhigen Gewissens vor deren Nase und hinter ihren Rücken in aller Ruhe unser privates Süppchen kochen, ohne Gefahr zu laufen, frühzeitig enttarnt zu werden. Vermutlich hätten wir mit dieser Methode der Verschlüsselung auch den Krieg gewonnen, aber uns hat ja keiner gefragt.

Also, schauen wir mal, so wird N zu R, K zu O, O wiederum zu S,

W zu A, sinnierte ich halblaut vor mich hin, und schon entpuppte sich das wenig attraktive Konstrukt *Nkos* als wunderschöner Frauenname *Rosa*, der erste auf der durchaus umfangreichen Liste. Die Entwirrung des Buchstabensalates ging rasch voran, wie jede Tür, zu der man den Schlüssel besaß, nun einmal leicht zu öffnen war, und nach kurzer Zeit hielt ich eine Aufstellung von dreiunddreißig Frauennamen in Händen.

Respekt, großer Bruder!

Weitaus größere Probleme bereitete mir die Zahlenkolonne neben der Namensauflistung, die mit dem Kürzel SS überschrieben war, was mir tiefstes Unbehagen bescherte und so überhaupt nicht zu meinem Bruder passen wollte. Die sechsstelligen Zahlenkombinationen unter dem Kürzel könnten Kontonummern sein, was Bernds Charakter am ehesten entsprochen hätte, oder Körpermaße, was ihm genauso gut zu Gesicht gestanden wäre, oder nochmalig chiffrierte Adressen. So eindeutig wie der *Codex Numero 4* war dieser Teil des Rätsels nicht, zumindest nicht auf den ersten Blick. Und was hatte es nur mit diesem verblödeten SS auf sich?

Minutenlang starrte ich die Wand an, als würden dort jeden Moment leuchtende Buchstaben mit der Lösung des Mirakels aufflammen, aber dieser fromme Wunsch erfüllte sich nicht. Vielmehr sollte mich die Erinnerung an den überaus perfiden Humor meines Bruders, der sich einen heidnischen Spaß daraus machte, jede noch so unbedeutende Winzigkeit gegen den Strich des Kleinbürgers zu bürsten, um dessen vermeintlich heile Welt bloßzustellen, auf die richtige Fährte locken.

Diese Zielsetzung liegt wohl in der Familie, lächelte ich verschmitzt in mich hinein, während ich vor meinem geistigen Auge den neu entdeckten Pfad verfolgte.

Kurze Zeit später stand es dann doch wie flammende Buchstaben an der Wand.

»SS steht für *Schäferstündchen*, du krummer, alter Hund!«, rief ich laut aus und erschrak im gleichen Moment darüber.

Verlegen nahm ich das Tagebuch wieder zur Hand und vertiefte mich in die aufkeimende Lust, die endgültige Lösung des Mysteriums zu finden. Auf diese Art wurden sogar die vielen Stunden, die ich mit der Bewältigung von Kreuzworträtseln, der neuesten Modeerscheinung, die von allen meinen Freunden als blanke Zeitverschwendung abgetan wurde, vermeintlich vertändelt hatte, zur sinnvollen Vorbereitung auf eine Aufgabe.

Plötzlich fügte sich alles ineinander. Nach und nach entriss ich den teilweise verschlüsselten, teilweise auch nur konfus hingekritzelten Abschnitten immer mehr Details zu den in der Liste vorkommenden Personen, selbstredend hauptsächlich Frauen. Bei der einen fand sich das Geburtsdatum, bei einer anderen Hinweise auf den Wohnbezirk, aber praktisch zu jeder Frau gesellte sich früher oder später der Familienname, zumeist, weil Bernd sich im Zuge des Fließtextes abfällig über die Ehegatten äußerte. Die Hinweise waren in den unmöglichsten Winkeln der Schriften- und Anekdotensammlung versteckt, so gesehen ähnelte der Vorgang weniger einem Kreuzworträtsel als einer Schnitzeljagd, die ich jedoch mit dem größten Vergnügen auf mich nahm, schließlich winkte am Ende der Jagd die Enttarnung eines feigen Meuchelmörders.

In mir regte sich Blutdurst und die Gewissheit, dass mein Bruder kein guter Mensch gewesen war. Zumindest nicht im christlichen Sinne des Wortes. Ebenso erschien mir das Gesamtvolumen in der Spalte SS auch posthum noch eine bewundernde Erwähnung wert. Die wenigen vorkommenden Männer reduzierten sich auf eine Aufstellung von armen Tröpfen, die den betrügerischen Engelszungen meines Bruders auf den Leim gegangen waren.

Ob die hier ebenfalls säuberlich notierten Beträge seiner pekuniären Beutezüge einen Mord rechtfertigten, wagte ich allerdings zu bezweifeln. Die meisten Namen waren mir wohlbekannt und gehörten stadtbekannten Geldsäcken, die selbst Jahreseinkommen eines Otto Normalverbrauchers aus der Portokasse zu zahlen pflegten und für die Verluste in der hier angeführten Größenordnung vermutlich nicht einmal eine weiterführende Erwähnung wert waren, falls sie sie überhaupt bemerkten.

Das schien mir doch eine eher kalte Spur zu sein, die ich aber trotzdem nicht aus den Augen verlieren wollte. Absolute Priorität räumte ich den weiblichen Namen auf der Liste ein. Zum einen, weil es angenehmer war, zum anderen, weil ich meinen Bruder kannte.

Cherchez la femme!, wie der Franzose zu sagen pflegt.

Diesem Motto wollte auch ich mich anschließen. Einige Namen kamen mir bekannt vor, andere waren mir gänzlich unbekannt, aber zusammenfassend verfügte ich über ausreichende Informationen, um alle Personen eindeutig zu identifizieren. In einem Fall konnte ich mir die Mühe sparen und strich Irinas Namen von der Auflistung.

Mein nächster Weg führte mich zu Sabine, die ein weiteres Mal ihre Kontakte in der Zeitungsredaktion für mich spielen lassen sollte, um die noch fehlenden Personenangaben, manchmal die Adresse oder ein Detail dazu, ein anderes Mal ein nicht aufgetauchter Nachname oder Familienstand, zu ergänzen. Nur so konnten meine Bemühungen von Erfolg gekrönt sein. Um diese mir auferlegte Prüfung, den Mord an meinem Bruder aufzuklären, zu bestehen, durfte ich keine Kleinigkeit übersehen. Das Faktum, dass es im Zuge meiner Ermittlungen von eigenen Gnaden bereits deutlich nach Mitternacht geworden war, spielte dabei nur eine untergeordnete Rolle.

Sabine hatte wohl schon geschlafen. Und vermutlich auch der Rest des Hauses, aber schlussendlich waren sie durch meine Rufe doch alle wach geworden. Alles nur eine Frage der Hartnäckigkeit und in diesem Fall auch der Lautstärke beim Klopfen an der Haustür. Bei der vierten Tasse Kaffee, die ich ihr einflößte, während sie mich erbittert und hasserfüllt anfunkelte, erklärte ich mein Anliegen.

»Und dafür bringst du Hanswurst mich um meinen Schönheitsschlaf?«

Ich überhörte den Hanswurst geflissentlich, schließlich durfte man mit Menschen, die unter einem derartigen Schlafdefizit litten, nicht allzu streng ins Gericht gehen, und erkundigte mich ein weiteres Mal, ob sie mein Anliegen in seiner gesamten Tragweite erfasst hatte, doch sie saß nur unbeweglich da und giftete mich an.

»Und dafür bringst du Hanswurst mich um meinen Schönheitsschlaf?«

Sabine fläzte sich auf das Canapé in der dunkelsten Ecke ihrer überraschend geschmackvoll eingerichteten Wohnung, die ich heute das erste Mal zu Gesicht bekam, und dachte angestrengt nach. Zumindest hielt sie die Augen geschlossen und hatte einen außerordentlich verkniffenen Gesichtsausdruck aufgesetzt. Während ich die Wohnung näher in Augenschein nahm, nutzte ich die günstige Gelegenheit, Sabine meine Leistung des vergangenen Tages, auf die ich gar nicht stolz genug sein konnte, haarklein zu erläutern. Schließlich entdeckte man nicht jeden Tag ein völlig neues und unerwartetes Talent an sich.

Sie rührte kein Ohr und folgte angestrengt und konzentriert meinen eloquenten Ausführungen – oder sie war eingeschlafen. Unter Lachen und Scherzen – wenn auch nur von meiner Seite – wurde es Morgen, und ich drängte Sabine, mir die gewünschten Informationen zu beschaffen.

Obwohl es sich um ihren ersten freien Tag seit knapp fünf Wochen handelte, konnte sie mir diese Bitte nicht abschlagen, lediglich den Wunsch, dass ich sie in die Redaktion begleiten und ihr über die Schulter blicken wollte, wollte sie aus mir unverständlichen Gründen nicht erfüllen.

Nur drei Stunden später hielt ich die vollständige Liste mit allen Namen und Adressen in Händen, die mir für die Aufklärung des *Falls Bernd Gerepolski* relevant erschienen.

»Ein wenig Arbeit konnte ich dir zusätzlich abnehmen«, gähnte Sabine. »Einige deiner illustren Verdächtigen haben nämlich schon vor deinem Bruder das Zeitliche gesegnet und fallen somit als potenzielle Täter aus. Es sei denn, du glaubst an Geister. Fünf Stück, ich habe sie mit einem Kreuz gekennzeichnet.«

»Wie originell, darauf wäre ich nie gekommen.« Diesen Seitenhieb konnte ich mir nicht verkneifen.

»Nicht frech werden, sonst kannst du in Zukunft deine Drecksarbeit alleine machen.« Sabine zeigte sich wenig empfänglich für die witzige Bemerkung.

»Ich gehe zwecks Schlafaufholung wieder zu Bett und werde nicht vor einer grausamen Bluttat zurückschrecken, sollte ich erneut gestört werden.«

»Nachricht angekommen.«

Unter lautem Gähnen verschwand Sabine hinter der nächsten Ecke.

Gemäß den Tagebucheintragungen meines Bruders erstellte ich eine persönliche Rangliste der Verdächtigen, soweit ich den Grad der Verärgerung und die Stärke eines möglichen Motivs ermessen konnte, verwarf den Gedanken jedoch schnell wieder und wandte mich schlicht und ergreifend dem Namen zu, der ganz oben auf der Adressenliste stand.

Da Sabine die Frauen vor den Männern gereiht hatte, sollte der Tag eigentlich ganz angenehm beginnen. Der Vormittag, so verhasst er mir prinzipiell auch war, war in jedem Fall die optimale Zeit, um weibliche Verdächtige aufzusuchen. Ihre Männer pflegten zu dieser Tageszeit für gewöhnlich auf der Arbeit zu sein und störten so nicht.

Bereits die allererste Adresse, glücklicherweise nur wenige Gehminuten entfernt, hielt eine faustdicke Überraschung für mich parat.

»Spreche ich mit Frau Rosa …?«, setzte ich verblüfft an, als die mir nicht unbekannte Person auf mein Klopfen hin öffnete.

»Was wollen Sie von mir?«, unterbrach sie mich forsch. »Ich kaufe nichts an der Haustür.«

»Ich bin kein Vertreter«, stellte ich klar und sicherheitshalber den Fuß in die Haustür.

Ich hielt kurz inne. Vor mir stand jene brünette Schönheit, die mir bereits auf Johanns Geburtstagsfeier aufgefallen war, die ich danach jedoch allzu schnell wieder aus den Augen verloren hatte. Ihre überaus melodische Stimme hatte sich sowieso auf ewig in mein Gedächtnis eingebrannt. Welch glücklicher Zufall.

»Mein Name ist Max Gerepolski, ich bin hier wegen meines Bruders, Bernd«, fing ich mich endlich wieder.

»Ich kenne weder Sie noch Ihren Bruder«, fiel sie mir erneut ins Wort. »Ich muss also meine Frage erneuern: Was wollen Sie von mir?«

Die gewählte Sprache, das vornehme Auftreten, dieses resolute Temperament, all das faszinierte mich auf Anhieb, auch wenn sie mir gerade dreist ins Gesicht log, was ich in diesem Moment allerdings mit einem mutmaßlich im Hintergrund lauernden Ehemann in Verbindung brachte. Das würde alles erklären.

»Gnädiger Herr, zwingen Sie mich nicht, mich durch Sie belästigt zu fühlen und einen Schutzmann rufen zu müssen«, legte sie noch eine Schippe Kohlen nach.

Auch wenn ihr Verhalten auf den ersten Blick durchaus verdächtig erschien, schloss ich sie als Täterin aus. Derart hübsche Augen konnten unmöglich lügen und so zarte Händchen unmöglich morden. Bestimmt gab es eine schlüssige und leicht nachvollziehbare Erklärung für ihr momentanes Verhalten.

»Ich muss mich entschuldigen, hier liegt ganz offensichtlich ein Missverständnis vor.« Elegant zog ich mich aus der Affäre und deutete eine Verbeugung an.

»Das erscheint mir auch so.« Missmutig ließ sie die Tür ins Schloss fallen.

Wenn das so weitergeht, bin ich zwar schnell fertig, aber ohne das geringste verwertbare Ergebnis, fluchte ich in mich hinein, während ich noch verklärt dem bezaubernden Antlitz nachhing.

Tatsächlich sollte sich diese erste Erfahrung als durchaus symptomatisch herausstellen, weshalb ich die Liste in atemberaubendem Tempo abarbeiten konnte. Ein Name nach dem anderen wurde von mir ausgestrichen. Die meisten weiblichen Wesen aus Bernds Nachlass waren Ehefrauen, die mit Hilfe meines Bruders ihre Ehemänner gehörnt hatten, dem Verblichenen allerdings keineswegs feindlich gesonnen waren, sondern ihm vielmehr noch immer nachweinten. Nur wenige hatten sich im Streit von ihm getrennt, und von diesen wiederum hatten ausnahmslos alle kurz danach die Stadt verlassen, wie ich von einigen mitteilungsbedürftigen Nachmietern erfuhr. Gemeinsam war jedoch sämtlichen Beteiligten, dass ihre Ehemänner entweder nichts von dem Betrug gemerkt hatten oder nicht bemerken wollten, was wiederum das allseits beliebte Motiv der Eifersucht ins Wanken geraten ließ, aber vielleicht ergab sich in dieser Richtung trotzdem noch etwas.

Verdächtiger als die Frauen erschienen mir nach den bisher gewonnenen Erkenntnissen nunmehr ehemalige und zumeist von Bernd heftigst betrogene und hintergangene Geschäftspartner, aber mit nie gekannter Konsequenz und Standfestigkeit brachte ich zuerst die bereits begonnene Arbeit zu Ende.

Die letzte Person auf der Liste der weiblichen Anwärter war die Witwe Stets-Bereit, deren Adresse mein Bruder eigenhändig mit gleich drei Ausrufezeichen hervorgehoben hatte und die am noblen Stadtrand residierte. Anfangs hielt ich den Namen für jüdischen Ursprungs, so irritierte mich auch die abweichende Beschriftung der Hausklingel nicht im Geringsten. Zudem wurde ich überaus herzlich empfangen und spontan zu einer Tasse Kaffee eingeladen.

Erst nach einer gewissen Anlaufzeit, während der die fidele

Witwe die angeregte Konversation mit dezenter Schlagermusik aus dem Grammophon unterlegte und unablässig näher an mich heranrückte, fiel sogar bei mir der Groschen, dass Bernd diesen Namen wohl ausschließlich zur näheren Bezeichnung ihrer hervorragendsten Charaktereigenschaft gewählt hatte und sie tatsächlich *Müller* hieß. Mein Hang zu Fettnäpfchen war also ungebrochen. Nur das Grammophon ließ sich nicht beirren.

In der Bar zum Krokodil am Nil, am Nil, am Nil
verkehrten ganz incognito der Josef und der Pharao.
Dort tanzt man nur dreiviertel nackt
im Shimmy und Zweiviertel-Takt.
Es traf mit der Geliebten sich
des Abends ganz Ägypten sich
in der Bar zum Krokodil
am schönen blauen Nil!

Unter dem Vorwand, dringend und geradezu unaufschiebbar den Abort aufsuchen zu müssen, gelang mir letztendlich die Flucht. Und das keine Sekunde zu früh, denn durch das halb offene Fenster hinaus zur Gasse wurde ich im Weglaufen Augenzeuge, wie die Witwe sich in atemberaubender Geschwindigkeit ihrer sündhaft teuren Kleidung entledigte. Lediglich die beständig leiser werdende Musik begleitete mich in die hereinbrechende Dunkelheit.

Dem Gatten der Frau Potiphar, dem wurde bald die Chose klar.
Er sprach zu König Ramses, zu Ramses, zu Ramses:
»Ich weiß, was meine Gattin macht, sie fährt nach Theben jede Nacht,
ja, Majestät, da ham' Ses, da ham' Ses, da ham' Ses!«

Glücklich und alleine zu Hause angekommen, hakte ich meinen ersten Einsatztag als einsamer Wolf unter den weltbesten Kriminalisten als lehrreich, aber hochgradig erfolglos ab und nahm ein ausgiebiges Bad, das mich ablenken und auf andere Gedanken bringen sollte.

Die Rechnung ging jedoch nicht auf. Vielmehr beschäftigte mich der alles beherrschende Wunsch, meine Ermittlungen möglichst bald fortsetzen zu können, bis tief in die Nacht hinein und hinderte mich am Einschlafen. Nicht einmal die letzten flehenden Lieder aus dem Radiophon, die langsam in das Rauschen des endenden Sendebetriebes übergingen, brachten Linderung. Obwohl das Radio – ohne eigenes Zutun – seit den Geschehnissen rund um das »Gretchen« und den Tod meines Bruders ein mulmiges Gefühl in mir auslöste, wollte ich trotzdem nicht darauf verzichten.

Unruhig wälzte ich mich hin und her, während die finalen Noten des heutigen Tages, passenderweise gehörten sie zum Hohelied auf die zweifelhafte Tugend, in amourösen Angelegenheiten nicht allzu wählerisch sein zu dürfen, sanft verklangen.

Jeder hat einen Schatz, nur ich hab' keinen
und ich möcht' schrecklich gern so irgendeinen.
Reich braucht er nicht sein.
Bloß nur mein allein.
Jeder hat einen Schatz, es ist zum Weinen
und ich bin noch frei.
Schließlich, von vorn geseh'n
bin ich doch auch ganz schön,
und das ist heut' schon allerlei.

Der letzte Geistesblitz, der mich durchzuckte, ehe ich glücklich in Morpheus' Arme fiel, war der, dass ich mir am nächsten Tag die Männer auf der Liste vorknöpfen würde. Ob es sich gelohnt hatte, sich für diese Erkenntnis die Nacht um die Ohren zu schlagen, sei dahingestellt, denn schließlich war das seit Entdeckung des Tagebuches immer der Plan gewesen, aber ein übernächtigtes Gehirn arbeitete nun einmal äußerst kurios.

Die Nacht war viel zu kurz, aber auch das mir bevorstehende Tagewerk war durchaus überschaubar. Durch das bereits erwähnte Ausschlussverfahren schrumpfte die ohnehin weitaus kürzere Liste der männlichen Namen auf lediglich drei Delinquenten zusammen.

Viele Kollegen meines Bruders waren ebenfalls am *Schwarzen Freitag* von uns gegangen oder nachweislich viel zu weit von Berlin entfernt gewesen, um in Frage zu kommen, beides erleichterte mir die Arbeit ungemein. Resultierend aus den Fehlschlägen des vorangegangenen Tages, überließ ich die Reihenfolge meiner Ermittlungen nun nicht mehr dem Zufall, sondern erstellte selbige nach der Stärke des jeweiligen Motivs, das ich den betreffenden Personen zuordnen konnte.

Sogar Musiker sind lernfähig.

Trotz gründlicher Analyse war die Aufstellung bereits nach kürzester Bedenkzeit vollendet. Eine solche Reihung konnte nur einen Favoriten kennen: Elmar Krawuttke, Chef des windigsten Wertpapierbüros, das in ganz Berlin zu finden war, Bernds direkter und einziger Vorgesetzter, und von meinem Bruder stets verächtlich »Die Ratte« genannt.

Dazu passte wohl auch die Episode, dass Krawuttke unmittelbar nach dem Zusammenbruch der Börse als unauffindbar galt. Die Ratte hatte eben das sinkende Schiff verlassen. Diese Absenz machte ihn aber gleichzeitig zu einem meiner heißesten Verdächtigen.

Da Icke und der selige Poidl anno dazumal diejenigen gewesen waren, die das Wertpapierbüro aufgesucht und die Zustände vor Ort am eigenen Leib erleben durften, beschloss ich, den Tag mit einem gepflegten Mittagessen bei Icke – einschließlich Auffrischung der damaligen Berichte – zu beginnen.

Als ich bei Ickes Lokal ankam, fand ich dieses geschlossen vor, auch mein heftiges Klopfen blieb unerwidert. Unter Zuhilfenahme meiner neu gewonnenen Fähigkeiten als Spürhund schlich ich mich über den Hof zur Hintertür, wo ein äußerst nervös wirkender Icke gerade in hygienisch fragwürdiger Unterwäsche eine überaus junge Dame von eindeutig zweifelhaftem Ruf aus dem Haus komplimentierte.

Mein hartnäckiges Klopfen hatte sich wohl als überaus störend erwiesen, was Ickes Frau vermutlich auch nicht weiter trösten würde. Ich hielt mich versteckt und genoss die Situation. Vielleicht würde ich ihm irgendwann davon erzählen, vielleicht auch nicht.

»Da bist du völlig auf dem Holzweg, mein alter Freund, Bernds Chef mag die viel zitierte *Ratte* sein, als die ihn alle sehen, aber sicher nicht der Mörder deines Bruders«, eröffnete mir Icke kurz darauf in der wohlig warmen Gaststube seine ganz persönliche Sicht der Dinge.

»Woher willst du das wissen?«, hakte ich leicht verärgert nach, schließlich zweifelte mein bester Freund gerade meine grenzgenialen Schlussfolgerungen an.

»Weil auch ich nicht untätig war. Die Sache lässt mir keine Ruhe. Nachts raubt sie mir den Schlaf, tagsüber stört sie meine Konzentration. Also habe ich quasi hinter deinem Rücken – aber unter Freunden kann man von so etwas eigentlich gar nicht sprechen – meine eigenen Recherchen vorangetrieben und bin dabei zwangsläufig auch auf Krawuttke gestoßen.«

Ich hielt ob dieser unerwarteten Entwicklung den Atem an und lauschte andächtig.

»Das Wertpapierbüro existiert mittlerweile nicht mehr«, fuhr Icke fort.

»Der ganze Betrieb ist pleitegegangen, sämtliche Mitarbeiter haben ihre Anstellung verloren, die Büros stehen leer. Davon habe ich mich vor Ort und mit eigenen Augen, sozusagen höchstpersönlich, überzeugt. Direkt an besagtem Freitag hat Krawuttke im Angesicht der Katastrophe alles an Wertgegenständen zusammengerafft, was möglich war, und ist untergetaucht. Das ist der aktuelle Stand der Dinge.«

Die Schelte, dass er mich nicht von Anfang an in seine Überlegungen miteinbezogen hatte, verschob ich auf unbestimmte Zeit, unkommentiert hinnehmen konnte ich die Neuerungen jedoch auch nicht.

»Das heißt aber nicht, dass er nicht trotzdem Bernds Mörder sein könnte.«

»Nach meinen Erkenntnissen schon.« Icke warf sich in Pose.

»Er tauchte nämlich schon Stunden vor Bernds Ableben unter. Glaube mir, das ist eine Sackgasse.«

»Ich sage besser nicht, was ich gerade glaube.« Enttäuscht verschlang ich das köstliche Mahl, das Icke eigens für mich zubereitet hatte, denn eigentlich hatte er vorgehabt, heute geschlossen zu halten.

Den Grund dafür hatte ich ja bei meiner Ankunft gesehen, behielt das aber für mich. Gerade war die nächste Seifenblase vor meinen Augen zerplatzt. Es war zum Aus-der-Haut-Fahren, aber der heutige Tag setzte die Enttäuschungen des gestrigen fort.

»Ich war sogar in Krawuttkes Wohnung.«

»Was hast du gefunden?«, fragte ich ungeduldig.

»Nichts, was für uns von Bedeutung gewesen wäre.« Jedes winzige Detail ließ er sich wie einen fetten Regenwurm aus der Nase ziehen.

»Meiner Meinung nach hat *Die Ratte* nur die Gunst der Stunde ausgenutzt, um im allgemeinen Chaos seine millionenschweren und existenzvernichtenden Fehler zu vertuschen. Ich denke, er wollte die eigene Unfähigkeit kaschieren und so seinen wertlosen Kopf aus der Schlinge ziehen. Die Papiere in seiner Wohnung sprechen diesbezüglich jedenfalls eine eindeutige Sprache. Bezug zu Bernds Tod habe ich leider keinen gefunden, und ich habe sehr gründlich gesucht.«

Mangels Alternative gab ich mich damit vorerst zufrieden und wandte mich der *Nummer 2* meiner Favoriten zu, die Icke spontan zur *Nummer 1* erklärte, nachdem ich ihm wiederum meine Ergebnisse unterbreitet hatte.

»Eindeutig der Mann mit dem stärksten Motiv«, erklärte er im Brustton der Überzeugung. »Wenn du Erfolg hast, dann dort.«

Begleiten konnte er mich zu seinem größten Bedauern allerdings nicht, denn durch meine Anwesenheit waren zahlreiche weitere Gäste auf die nunmehr doch geöffnete Gastwirtschaft aufmerksam geworden und hatten zuhauf Platz genommen und fleißig bestellt. In diesem Fall schlug bei meinem Freund der Wirt den Detektiv eindeutig in die Flucht.

»Ich habe da ja meine ganz eigene Theorie, aber es ist noch zu früh, um darüber zu reden«, gab er mir noch mit auf den Weg, während er charmant lächelnd zwei Krüge, die eigentlich ausschließlich mit Bier gefüllt sein sollten, großzügig mit Wasser streckte.

Die Hoffnung auf ein erstes Erfolgserlebnis musste ich allerdings schnell wieder begraben, als mir an der angegebenen Adresse die Witwe des Gesuchten die Tür öffnete. Ohne sonderliche Gemütsregung erzählte sie mir bereitwillig, dass ihr Mann den *Schwarzen Freitag* in Rotterdam, wo er sich offensichtlich durch Spekulation mit Rohstoffen und Diamanten bereichern wollte, erlebt und nach dem Eintreffen der Schreckensnachrichten seinem Leben direkt in der nahen See ein frühes Ende bereitet hatte. Dass er sie mittel- und perspektivlos zurückgelassen hatte, würde sie ihm nie verzeihen: »Der Egoist hat es überstanden, aber was wird aus mir?«

Das Glänzen in ihren Augen, als sie mir zum Abschied wegen meines eigenen Verlustes kondolierte, zeigte mir unzweideutig, dass der Tod meines Bruders ihr emotional mehr zu schaffen machte als der ihres Mannes, aber nüchtern betrachtet war ich ihr ebenso wenig hilfreich wie sie mir.

Somit war auch Ickes *Nummer 1* Geschichte. Ein schwacher Trost.

Ob meine letzte Hoffnung gleichzeitig der Haupttreffer in dieser bizarren Mörderlotterie sein würde, sollte sich zeigen, zumindest wertete ich es als positives Zeichen, dass der Taxifahrer, der mich chauffierte, mich beim Fahrtgeld mächtig über den Tisch zog. Das zeigte mir, dass die alten Mechanismen wieder griffen.

»Sie sind also Bernd Gerepolskis Bruder? Der Musiker?« Der massige Kerl mittleren Alters blickte mich ungläubig an und legte mir jovial die Hand auf die Schulter.

Bedeutend unangenehmer konnte die Situation wohl nicht mehr werden. Er machte den Eindruck, als würde er mich binnen der nächsten Sekunden entweder erwürgen oder küssen. In beiden Fällen hätte ich es vorgezogen, laut schreiend das Weite zu suchen, doch es kam völlig anders.

»Dann bestellen Sie ihm mal meine wärmsten Glückwünsche und unendlichen Dank. Das alte Schlitzohr hat mir das Leben gerettet, auch wenn er damals eigentlich das genaue Gegenteil beabsichtigt hat«, lachte der Fettsack dreckig und drückte mich noch fester an sich. »Ohne ihn und seinen bösartigen Betrugsversuch wäre ich heute pleite und vermutlich aus dem Fenster gesprungen. Das Leben ist kurios.«

»Ich bedauere, aber diesen Strauß roter Rosen wird mein Bruder nie erhalten.« Energisch löste ich mich aus der Umklammerung.

»Wollen Sie mich veräppeln?«, polterte Albert Hahn, wie meine schwindende letzte Hoffnung mit bürgerlichem Namen hieß. »Dem alten Gauner gebührt ein Orden.«

»Den müssen Sie ihm leider ins Grab nachwerfen«, reagierte ich verschnupft. »Der *alte Gauner*, wie Sie ihn nennen, ist nämlich tot.«

Zu meiner Überraschung reagierte Hahn zutiefst schockiert.

»Da brat mir einer einen Storch! Das hätte ich nicht für möglich gehalten. Was ist denn passiert?«

Ich schilderte die Umstände von Bernds Tod, sparte jedoch bewusst aus, dass ich einem Gewaltverbrechen auf der Spur war. Offiziell stellte sich nur die Frage: Selbstmord oder Unfall?

Hahns Erschütterung war nicht geheuchelt, unter der rustikalen Schale ruhte offenbar ein extrem weicher Kern. Am Ende meiner Geschichte verdrückte er sogar eine Träne im Knopfloch, was mir wiederum maßlos übertrieben erschien. Schließlich fragte ich ihn doch nach dem Sinn seiner seltsamen Bemerkung zu Beginn unseres Treffens.

»Das Ganze war eine Tragikomödie. Sie werden mir wahrscheinlich nicht glauben.« Endlich bat er mich in die Wohnung. »Ihr Bruder hat mir in betrügerischer Absicht – obwohl man nicht schlecht über die Toten reden soll – ein Wertpapierpaket von beachtlichem Volumen, das ich schon seit Monaten hielt, um den profitabelsten Verkaufszeitpunkt abzuwarten, abgeschwatzt, indem er mir gefälschte Zahlen präsentierte, die angeblich brandaktuell so über den Börsenticker gekommen waren und höchste Eile beim Verkauf gemahnten, um keinen Riesenverlust einzufahren. Ich überließ ihm also die Wertpapiere zu einem Spottpreis und blieb dennoch in dem Glauben zurück, soeben ein phantastisches Geschäft abgeschlossen zu haben. Eine Tasse Kaffee?«

»Nein, danke!« Ich wurde zunehmend ungeduldig. »Was ist dann passiert?«

»Wäre alles wie gehabt weitergelaufen, wäre Ihr Bruder ein gemachter Mann und ich der Dorftrottel der Nation gewesen. Aber dann kam der Zusammenbruch.«

Er goss den Kaffee in eine teuer aussehende Schale und schlürfte ebenso langsam wie geräuschvoll. Ruhig verfolgte ich das bizarre Schauspiel.

»Chronologisch betrachtet habe ich die Papiere am 23. Oktober verkauft, am 24. Oktober entdeckte ich, dass dies auf der Basis vollkommen falscher Informationen zustande gekommen war, und am 25. Oktober wollte ich Ihren Bruder zur Rede stellen, als mich auf dem Weg zu seinem Büro die katastrophalen Nachrichten überraschten und sofort wieder umdrehen und nach Hause zurückkehren ließen.«

Augenscheinlich genoss Hahn diese Erzählung deutlich mehr als ich.

»Damit wir uns recht verstehen«, setzte er endlich zur Conclusio an. »Besagte Papiere, die am Vortag noch Millionen wert waren, hatten von einer Minute auf die andere bestenfalls noch als Brennmaterial einen Nutzen. Hätte ich sie behalten, hätte ich Haus und Hof verloren. Ich wäre ruiniert gewesen. Einzig die fragwürdige Vorgehensweise Ihres Bruders hat mir so auf skurrile Art und Weise das Leben und die Existenz gerettet.«

Sinnierend lehnte er sich zurück und schlürfte seinen Kaffee.

»Und jetzt kann ich ihm nicht einmal dafür danken. Friede seiner Seele.«

Da die Situation sichtlich aus dem Ruder lief, weil ein Betrogener sich bei seinem Betrüger zu bedanken wünschte, verabschiedete ich mich mit der Erkenntnis, mit meiner kriminalistischen Arbeit wieder ganz am Anfang zu stehen. Oder in einer Sackgasse, je nach Betrachtungsweise.

Die Vorsehung bescherte mir erneut denselben Taxilenker, der es vorzog, mich zum Nulltarif zurück zu meiner Wohnung zu bringen, anstatt eine Anzeige wegen Wuchers zu riskieren.

Ich war erschöpft und deprimiert. Sogar Hoppel wirkte trauriger als sonst. So kannte ich mein sensibles, mitfühlendes Häschen, weiterhelfen konnte er mir allerdings auch nicht. Ich öffnete den Käfig und goss mir ein Glas Eierlikör ein. Während Hoppel auf leisen Pfoten durch die Wohnung hoppelte, versank ich in Agonie. Um nicht restlos in Selbstmitleid zu zerfließen, kehrte ich zur Quelle meiner Ermittlungen zurück: Bernds Tagebuch. Vielleicht hatte ich ja etwas Wichtiges überlesen. Doch da war nichts. Frustriert warf ich das Büchlein in die Ecke.

Was war denn das?

Durch meinen Temperamentsausbruch hatte sich ein unscheinbarer Fetzen Papier, der zwischen Umschlag und Buchrücken eingeklemmt gewesen war, gelöst und fiel mir direkt vor die Füße. Ich hob den Zettel auf. Er war ebenfalls in Bernds Handschrift und dem altbewährten *Codex Numero 4* verfasst.

»Für den Fall, dass mir etwas zustoßen sollte: Krawuttkes Rattennest«, stand da zu lesen, daneben die passende Adresse.

Ein breites Lächeln huschte über mein Gesicht. Das war das Wunder, auf das ich die ganze Zeit gewartet hatte. Meine Hartnäckigkeit und ein gerüttelt Maß Glück und Zufall hatten es zu guter Letzt doch noch ans Tageslicht befördert.

Es war vollkommen klar, dass ich unmöglich bis zum nächsten Tag warten konnte, um dieser bisher heißesten Spur nachzugehen. Schneller als je zuvor hatte ich den Mantel, den ich gerade erst ausgezogen hatte, wieder angelegt und war bereit, das Haus zu verlassen.

Da Icke nicht an Krawuttkes Schuld glaubte oder glauben wollte und lieber sein eigenes Süppchen kochte, musste ich alleine in die Schlacht ziehen. Zum Glück war Berlin nicht ganz so groß, wie es sich nach außen hin gerne gab, denn auch diese Adresse lag nur eine knappe halbe Gehstunde von meiner Behausung entfernt. So ein kleiner Abendspaziergang würde mir guttun und mein Gehirn entlüften. Das war die Theorie. In der Praxis war es draußen dunkel, und ich verspürte seit Poidls Tod ein extremes Unbehagen, wenn ich nachts ein mir unbekanntes Gebäude betreten musste. Mit gemischten Gefühlen biss ich die Zähne zusammen und stapfte los. Bis ich mein Ziel erreicht haben würde, blieb hoffentlich genug Zeit, um einen Helden in mir wachsen zu lassen.

Als ich vor dem dunklen Betonblock stand, war ich mir dessen zwar nicht mehr so sicher, aber den Schwanz einzuziehen kam überhaupt nicht in Frage. Das verwaiste Bürogebäude – eines von vielen in diesen Tagen – präsentierte sich unversperrt und vollständig verlassen. Da Bernds Nachricht aus dem Jenseits neben der Adresse auch noch genaue Angaben zur Lage von Krawuttkes Versteck umfasste, hatte ich den richtigen Raum im Handumdrehen gefunden. Natürlich war diese spezielle Tür die einzige abgeschlossene des gesamten Hauses, aber ich hatte nichts mehr zu befürchten oder zu verlieren und trat sie kurz entschlossen ein. Krachend flog sie aus den Angeln, sodass ich zusammenzuckte.

Das war nicht sehr heldenhaft, tadelte ich mich und betrat den unheimlichen Ort.

Das Zimmer wirkte erstaunlich aufgeräumt, eigentlich wie ein stinknormales Büro. Da ich nicht die geringste Ahnung hatte, wonach ich suchte, begann ich, systematisch die Schränke zu durchwühlen, wobei ich auf allerlei Dinge stieß, die Krawuttkes wenig schmeichelhaften Spitznamen voll inhaltlich unterstützten. In der obersten Schublade eines metallenen Aktenschrankes entdeckte ich eine wahrhaftige Rattenfamilie, die sich bereits heimelig eingerichtet hatte. Mit aller gebotenen Vorsicht schloss ich die Lade wieder, um die Tiere nicht in ihrer trauten Eintracht zu stören, an der Rückwand der Nagerbehausung glaubte ich überdies Nachwuchs erblickt zu haben.

Der Fund in der darunterliegenden Schublade interessierte mich in diesem Moment noch viel mehr. Wie sich herausstellte, stapelten sich dort Akten über Krawuttkes Angestellte und Geschäftspartner mit äußerst privaten und sogar intimen Informationen, die meiner Meinung nach nur einem Zweck dienen konnten: Erpressung. So hatte er seine Untergebenen also willfährig gemacht und in seine moralisch anrüchigen Geschäfte hineingezogen, soweit sie das aufgrund moralischer Deformation nicht auch selbst so gewollt hatten.

Eilig blätterte ich durch die alphabetisch abgelegten Papiere. Da war sie: die Akte meines Bruders. Endlich sollte ich erfahren, was der Kerl gegen ihn in der Hand hatte. Und wer weiß, was ich dabei noch alles entdecken würde. Brennend vor Neugier schlug ich die erste Seite auf und wollte soeben zu lesen beginnen, als ich hinter mir ein dumpfes Krachen und sich schnell nähernde Schritte hörte.

Krawuttke!

Übeltäter kehrten bekanntlich stets an den Ort des Verbrechens zurück. Da ich diesem skrupellosen Kriminellen nichts entgegenzusetzen hatte, zog ich es vor, in einem offen stehenden, halb leeren Wandschrank Zuflucht zu suchen. So leise wie möglich zog ich die Tür hinter mir zu, bis mir nur noch ein schmaler Spalt als Sichtfenster blieb, durch den unheilvoll das Mondlicht in mein selbst gewähltes Verlies fiel. Wie befürchtet suchte der ungebetene Besucher zielsicher diesen Raum auf, stutzte kurz – wie ich mir zusammenreimte – beim Anblick der eingetretenen Tür und wandte sich ohne zu zögern dem Schreibtisch in der Mitte des Büros, auf dem ich zu meinem größten Ärger Bernds Akte liegen gelassen hatte, zu. Vorsichtig – schließlich wollte ich unter keinen Umständen entdeckt werden – lugte ich durch den engen Sehschlitz und erblickte eine riesenhafte Gestalt im wehenden Umhang, eine im wahrsten Sinne des Wortes gespenstische Erscheinung, die sich dennoch leichtfüßig durch den Raum bewegte. In mir brandete die Frage auf, wer sich da eigentlich an den heiklen Unterlagen zu schaffen machte, denn der ehemalige Chef meines Bruders konnte es nicht sein, was leicht zu beweisen war: *Die Ratte* Krawuttke war ein Zwerg, hier hatten wir es aber mit einem Riesen zu tun. Ich fühlte mich wie im »Ring des Nibelungen«.

So schnell der Spuk aufgetaucht war, so schnell verschwand er auch wieder. Ich harrte noch so lange in meinem Versteck aus, bis absolute Stille im Haus herrschte. Erst jetzt fühlte ich mich sicher genug, um wieder herauszukommen. Mit einem Blick erfasste ich, was geschehen war, denn das Einzige, das fehlte, war Bernds Akte, deren Inhalt mir damit endgültig durch die Lappen gegangen war, und es erschien mehr als fraglich, ob sich mir eine solch exzellente Möglichkeit, Licht in das Dunkel dieses ominösen Falles zu bringen, ein weiteres Mal bieten würde.

Jedem Schritt, den ich vorwärtsmachte, folgten unweigerlich zwei rückwärts gewandte.

Wäre ich nicht so ein erbärmlicher Feigling und überdies zu kurzsichtig gewesen, mich angemessen zu bewaffnen (bei Regenwetter hätte ich wenigstens einen Schirm bei mir gehabt, dank anhaltender Trockenheit war ich jedoch vollkommen wehrlos), hätte ich den Täter in dieser schicksalsschwangeren Nacht vielleicht schon dingfest machen können, doch so trat ich den Heimweg nicht nur fröstelnd vor Kälte und Schrecken, sondern auch mit dem wärmenden Gefühl, die erste heiße, verwertbare Spur gefunden zu haben, an.

In diesem Moment wähnte ich mich meinem Ziel, dem erfolgreichen Abschluss meiner Investigation, näher denn je, aber die nächste Zeit hielt zu meinem größten Unbill eine derartig übermächtige Unzahl an künstlerischen Verpflichtungen für mich bereit, dass ich meine soeben erst gestartete detektivische Karriere – erfolgreich oder nicht – wohl oder übel (wenn auch nur vorübergehend) schon wieder auf Eis legen musste.

Interludium

Kölner sind ein seltsames Völkchen. Immer schon gewesen. Da kann man jeden Preußen fragen. Es ist ein offenes Geheimnis, dass jeder echte *kölsche Jung* und erst recht jedes überzeugte *kölsche Mädchen* (diese Bezeichnung findet übrigens bis weit ins rentenfähige Alter hinein rege Verwendung) von rasendem Heimweh gepackt wird, sobald auch nur die äußeren Bezirke ihrer Heimatstadt – der einzigen Stadt, die sie gelten lassen – erreicht werden. Von der traditionellen, wenn auch für Außenstehende schwer nachvollziehbaren Unversöhnlichkeit zwischen links- und rechtsrheinisch ganz zu schweigen. Unter Berücksichtigung des obskuren Kölner Dialekts bleibt letztendlich eben nur ein mögliches Urteil: Seltsam! Wenn sich dann auch noch die *fünfte Jahreszeit*, der Karneval, nähert, steigert sich diese Begierde nach Heimat und Zusammengehörigkeit ins Unendliche.

Die Exil-Kölner in Berlin bildeten da keine Ausnahme und begingen jeden 11.11., pünktlich ab elf Uhr elf, mit viel Pomp und ohne Rücksicht auf Kosten und Leber ihre ganz persönliche Sessionseröffnung, deren anfängliche Wehmut über die Trennung von der vertrauten Scholle unmittelbar in einen maßlosen Exzess überzugehen pflegte, aber das fiel nach übereinstimmender Erkenntnis in die Kategorie Brauchtum.

Es galt als große Ehre, bei dieser geschichtsträchtigen Veranstaltung zum Tanz aufspielen zu dürfen, und obwohl ich selbst gebürtiger Kölner bin, bedurfte es unseres verpatzten Rundfunkauftrittes, damit ich erstmals bei besagter illustren Karnevalseröffnung auftreten durfe. Als Rahmen für dieses herausragende Ereignis – zumindest war es das für jeden Kölner – kam natürlich nur das erste Haus am Platz, das Hotel Adlon, in Frage. Treffpunkt der Überprivilegierten und Adabeis.

Das sollte man als Musiker einmal in seiner Karriere erlebt haben.

Aber nicht öfter.

Natürlich waren wir überwältigt von der verschwenderischen Pracht des Prunkbaus.

»Leck mich am Arsch, in dem Saal haben ja drei normale Säle Platz«, entfuhr es Micky.

Bereits während des Aufbaus wurden wir auf mehr Getränke eingeladen, als es bei einer normalen Veranstaltung in einer ganzen Nacht üblich war, aber wer wollte sich da schon beschweren?

Kurz vor elf war schließlich nicht nur der Saal zum Bersten voll, sondern auch die Mehrzahl der Kölner Exilanten, von denen es mehr zu geben schien, als die Rheinmetropole von eigenen Gnaden überhaupt Einwohner zählte. Bei einem dermaßen hochgeistig inspirierten Publikum stellte sich die Feierlaune ganz von alleine ein. Ein Grund mehr, musikalisch gleich voll einzusteigen.

Ganz besonders gut kann's die Frau Süß,
denn die hat sowieso zwei linke Füß'.
Man vergißt seine Sorgen beim Charleston, Charleston,
man denkt nicht an morgen beim Charleston, Charleston.
Beim Charleston mit 'ner süßen Maus
vergißt man sogar seine Frau zu Haus.
Du wirst schlank wie 'ne Lilie beim Charleston, Charleston,
die ganze Familie tanzt Charleston, Charleston.
Mein Hund selbst, der hebt schon das Bein ganz entzückt.
Charleston, Charleston, macht die Welt verrückt!

In Sachen Verrücktheit ließen sich auch die *kölschen Jecken* nicht lumpen.

Je schlechter de Zigge, desto mieh müsse mer fiere! – je schlechter die Zeiten, desto mehr müssen wir feiern!, wie ich es noch aus meiner Kindheit kannte – ich bekam das kölsche Credo des Abends immer wieder ungefragt um die Ohren geschlagen, bis ich es schlussendlich selbst glaubte. Und daran hielten sich die Karnevalsnarren auch peinlich genau. Für mich war die ausgelassene Stimmung eine willkommene Abwechslung nach den tragischen Verwerfungen der letzten Wochen. Schon bei unserer Ankunft im Foyer, sobald ich erkannt hatte, dass zwar der Rahmen, nicht aber die Menschen hochnäsig und blasiert waren, hatte sich meine Stimmung schlagartig gebessert.

Aus den unterschiedlichsten Gründen reagierten auch meine Mitmusiker (entgegen der ursprünglichen Anfrage nach der kompletten Belegschaft des Hörfunkauftrittes reichte die Gage letztlich doch nur für die Stammbesetzung) ausnahmslos positiv auf die Veranstaltung, was wiederum der Qualität unserer Darbietung sehr zugutekam.

Aber die bodenständige Gesellschaft wollte einfach nicht in das snobistische Umfeld passen, was die Feierlust der Kölner, wie auch die unsrige, aber nicht im Geringsten einzutrüben vermochte.

… beim ersten Ton vom Saxophon.
= Da-da-da-dumm – Grunz =

Der Scherz in der tiefsten Lage des Baritonsaxophons kam immer wieder gut an, da sollte Günther noch einmal irgendwas gegen das herrliche Instrument sagen. Es sah zwar aus wie eine zu groß geratene, gülden lackierte Gießkanne, aber die Leute liebten das exotische Flair – so etwas hatte nun mal nicht jeder.

»Praktisch, immer sein eigenes Nebelhorn dabeizuhaben«, kam wie zur Bestätigung der Zwischenruf aus dem Publikum. »Ahoi!«

Unter diesen Voraussetzungen war der Auftritt praktisch ein Selbstläufer. Sogar die Reihenfolge der Lieder ergab sich praktisch von alleine.

Mein Papagei frißt keine harten Eier,
er ist ein selten dummes Vieh!
Er ist der schönste aller Papageier,
nur harte Eier, die frißt er nie!
Er ist ganz wild nach Brustbonbons und Kuchen,
er nimmt selbst Kaviar und auch Sellerie,
auch saure Gurken sah ich ihn versuchen …
nur harte Eier frißt er nie!

Nirgendwo waren diese Spaßschlager besser aufgehoben als bei einem Rudel betrunkener Karnevalswütiger. Die wilde Horde zusammengerotteter Beute-Berliner saugte jeden Ton und jedes Wort begierig in sich auf wie ein trockener Schwamm.

So machte der Beruf Spaß.

Alles, was ich nur kann machen:
Köpfchen kraulen, Pfeifen, Lachen,
hab' ich mit ihm angestellt.
»Coco«, fleh' ich, »nimm doch Eichen!«
Coco läßt sich nicht erweichen,
weil er an Prinzipien hält.

Und so kam es, wie es kommen musste: Ich erblickte die Frau meiner Träume!

Präzise zwischen Pianosolo und zweitem Refrain. Ich war sofort gefangen.

Um es kurz zu machen: Sie war eine Kölnerin wie aus dem Bilderbuch, aber tragischerweise nur kurz in Berlin, um ihren Onkel zu besuchen, der vor nicht allzu langer Zeit den Umzug in die Hauptstadt gewagt hatte, weil ihm die Domstadt zu eng und wohl auch zu spießig geworden war. Da ich zu schüchtern – und definitiv zu dumm – war, in unserem einzigen, viel zu kurzen Gespräch zwischen Tür und Angel möglichst viele Informationen über sie zu sammeln, die mir ein Wiedersehen ermöglicht hätten, standen meine Chancen dafür nunmehr gleich bei null. Nicht einmal Nachnamen und Adresse wusste ich, auch ihr Onkel ward plötzlich nicht mehr gesehen. Ende der Fahnenstange. *War ich ein Vollidiot!*

Ergo verbrachte ich den Rest unserer Pause damit, mich von den Irren querbeet durch das gesamte Repertoire an alkoholischen Getränken einladen zu lassen. Gerade als ich ein widerlich grünes Gesöff, das ich unter normalen Umständen nicht einmal mit der Kneifzange angefasst hätte, runterwürgen wollte, trieb mich allgemeiner Tumult hinaus auf die Straße. An der gleichermaßen kalten wie ernüchternden klaren Luft stellte sich schnell der Grund des Aufruhrs heraus:

Auf der Brüstung der obersten Etage stand eine wild um sich brüllende Frau und drohte damit, sich in die Tiefe zu stürzen. Es dauerte eine ganze Weile, bis sich herumgesprochen hatte, dass diese Einlage keineswegs einen von langer Hand geplanten Teil des Unterhaltungsprogramms bildete. Letzte Klarheit brachte vermutlich die Tatsache, dass sie statt eines schmucken Karnevalskostüms lediglich ein zerschlissenes Nachthemd trug. Aus der Ferne hörte ich Polizeisirenen, aber bis die grüne Minna hier eintraf, konnte es schon zu spät sein.

Jemand musste etwas unternehmen, und ich beschloss, dass dieser Jemand nicht ich sein würde. Auch der Rest der närrischen Gesellschaft übte sich in vornehmer Zurückhaltung, was mit Rücksicht auf den durchschnittlichen Alkoholisierungsgrad unter den Feiernden die Überlebenschancen der offenkundig Lebensmüden deutlich steigerte.

Neben der Frau und ihrem gespenstisch wehenden Nachtgewand tauchten zwei Silhouetten in der benachbarten Balkontür auf. Sie schienen unablässig auf die Verwirrte einzureden, die sich darauf allerdings drei Schritte näher Richtung Abgrund bewegte. Die unwirklich anmutenden Verhandlungen um das Leben der Frau – ich schätzte sie auf Mitte vierzig – dauerten weiter an. Das war gut.

In der Zwischenzeit war sogar die Polizei beim Hotel angekommen und bahnte sich einen Weg durch die Menschentraube, die sich rund um den Eingang gebildet hatte. Fünfzig Betrunkene, die nach oben starrten. Vielleicht auch mehr. Das war Schwerstarbeit.

»Wie kann man nur so verzweifelt sein? Ich könnte nie so verzweifelt sein.«

»Ich tippe auf Liebeskummer. Ganz sicher Liebeskummer.«

»Der Tod ist auch keine Lösung. Alkohol, ja, aber nicht der Tod.«

»Kopf hoch, Mädchen, morgen ist auch noch ein Tag.«

»Hat sich wohl an der Börse verspekuliert.«

»Ganz sicher Liebeskummer.«

»Komm schon, so schlecht hat die Musik auch wieder nicht gespielt.«

»Oder ihr ist der Mann weggelaufen. Ich sage, ihr ist der Mann weggelaufen.«

»Wenn die wirklich springt, schlägt sie exakt hier auf.«

»Also, wenn ich mal springe, dann in meinem teuersten Abendkleid.«

»Es muss Liebeskummer sein.«

Die Schaulustigen hatten – jeder für sich – ihren ureigensten Zugang zum Suizid im Allgemeinen und taten diesen ebenso unablässig wie ungefragt kund.

Oben gerieten die Dinge in Bewegung. Die Lebensmüde setzte

unter spitzen Schreien der Umstehenden zum finalen Sprung an, doch ehe sie ihr Vorhaben in die Tat umsetzen konnte, schossen zwei lange Arme aus dem Fenster hinter ihr und zogen sie unter lautem Applaus zurück ins sichere Luxusappartement. Kollektive Erleichterung machte sich breit, und die Rufe nach Alkoholnachschub wurden spontan wieder lauter.

Ich begann unverzüglich, meine Kollegen zusammenzutrommeln, um zur Ablenkung von diesem unerfreulichen Zwischenfall möglichst schnell im Programm fortzufahren. Das sollte die Lage wieder normalisieren. Nur Günther war nicht aufzutreiben. Da blieb nur Warten. Und wir waren auf der Bühne zur Untätigkeit verdammt, während die Minuten unverrichteter Dinge dahinkrochen. *Wie peinlich.* Endlich tauchte er auf, schwebte die Treppe herab wie ein Revue-Star, umgeben von einer Schar ausgelassener Menschen, die ihm entweder auf die Schulter klopften oder ihn anhimmelten. Oder beides. Da wurde mir einiges klar.

»Entschuldigt die Verspätung. Ich hatte ein Leben zu retten. Welches Lied?«

Typisch Günther. Plötzlich fanden wir uns mit einem Lebensretter in der Kapelle wieder. Die Ovationen für seine Person wollten überhaupt nicht mehr enden.

»Ich weiß gar nicht, was das Theater soll, ich habe einfach nur zugegriffen«, entschuldigte er sich beinahe für seine Heldentat. »So ein Zirkus ...«

Ich riet Günther dringendst, die einmalige Situation mit jeder Faser seines Körpers und seines Geistes auszukosten, zu genießen und alle Details des Abends für spätere Erzählungen an langen Winterabenden genauestens zu memorieren, denn wenn sich ein Musiker unter normalen Umständen einer derart frenetischen Volksmenge gegenübersah, hieß es üblicherweise, die Beine in die Hand zu nehmen und zu verschwinden.

»Der nächste Schlager soll Ihnen, wertes Publikum, zeigen, dass das Schicksal auch für die verzweifeltsten Momente im Leben einer Frau eine akkurate Lösung bereithält. Also, meine Damen: Springen Sie nicht gleich vom Dach«, moderierte Cora leicht beschwipst die nächste Nummer an.

Das Publikum lachte. Im Karneval war eben alles erlaubt.

Benjamin, ich hab nichts anzuzieh'n,
mein letztes Kleid ist hin,
ich bin so arm!
Benjamin, im roten Crep de Chine
kann ich ja nirgends hin,
dass Gott erbarm'!
Benjamin, das musst du auch verstehen.
Benjamin, ich kann doch nackt nicht gehen!
Benjamin, hab' ich nichts anzuzieh'n,
nehm' ich mein Negligee und geh!

Akt V

Innerhalb eines Monats zweimal beim Notar antanzen zu müssen widerstrebte mir schon von Natur aus. Umso mehr, weil der Kadi selten positive Nachrichten für mich bereithielt und ich diesmal im Unterschied zur Testamentseröffnung meines Bruders nicht den blassesten Schimmer hatte, warum ich binnen kürzester Zeit schon wieder einen Advokaten ertragen sollte. Was das betraf, musste ich mich noch von meinem letzten Amtsbesuch erholen, und auf der Aufforderung, die mich per Einschreiben erreichte, heute hier zu erscheinen, war ebenfalls kein Grund vermerkt. Die einzig logische Erklärung schien mir darin zu liegen, dass heute Poidls Letzter Wille verlesen wurde.

Was das betraf, konnte ich mir gut vorstellen, dass er in seinem altruistischen Wesen neben der Familie auch seine engsten Freunde bedacht hatte. Außerdem war ihm zuzutrauen, dass er sogar aus dem Grab heraus noch ein paar letzte Worte loswerden wollte oder verkünden ließ, wie er für den Weiterbestand seiner Gastwirtschaft gesorgt haben wollte. Überdies beschäftigte mich nach wie vor die Suche nach Bernds Mörder, wobei ich nicht ausschließen konnte, dass dieser sich trotz emsiger Bemühungen meinerseits noch auf freiem Fuß befand, was mich an den Rand des Wahnsinns brachte.

Die Ratte Krawuttke, mein Hauptverdächtiger, blieb unverändert verschwunden und dürfte nach allgemein vorherrschender Meinung wohl nur mehr als Wasserleiche aus der Spree auftauchen. Durch Sabine erfuhr ich, dass auch seine Frau, die sich offensichtlich schon als wohlbestallte Witwe wähnte, dieser Meinung war und seit geraumer Zeit versuchte, ihren mehr oder weniger geliebten Gatten für tot erklären zu lassen, um an das Erbe heranzukommen. Somit ruhte nun der Detektiv in mir, weil man ihm den letzten verbliebenen Verdächtigen vorenthielt, sonstige neue Erkenntnisse konnte er, der Detektiv nämlich, ohnehin nicht vorweisen.

Natürlich trauerte ich der verloren gegangenen Akte nach, die schon zum Greifen nah war und von der ich mir so viel versprochen hatte. Eine weitere Begegnung mit dem unbekannten

Riesen aus dieser Nacht sehnte ich hingegen absolut nicht herbei. Zudem wurde mir andauernd Zeit durch Arbeit und entbehrliche Offizialtermine gestohlen. Als ob sich die ganze Welt gegen mich verschworen hätte.

Das alles ging mir durch den Kopf, während ich endlos wartete. Niemand auf Erden hat mehr Zeit als ein Beamter. Je länger ich dasaß und grübelte, desto schlüssiger kam mir meine ersponnene Variante, dass Poidls Testamentseröffnung der Anlass wäre, vor.

Aber warum saß ich dann alleine hier?

»Da liegt wohl ein Missverständnis vor, aber das wird sich umgehend klären.« Der mit enormer Verspätung doch noch aufgetauchte Staatsdiener behandelte mich gewohnt abfällig und von oben herab, als ich ihn auf meine Vermutung ansprach. Umständlich nahm er Platz, zupfte seine Ärmelschoner zurecht, kramte im Schneckentempo die Akten aus seiner edlen Ledertasche, suchte minutenlang nach seiner Brille, die vor ihm auf dem Schreibtisch lag, ordnete die Schreibgeräte nach Größe und Ausrichtung und tat – zu meiner ehrlichen und riesigen Überraschung – schlussendlich sogar seine Arbeit.

»In tiefer Trauer muss ich bekannt geben, dass meine geliebten Kinder, sowohl in kleinen wie auch in großen Scheinen und Münzen oder in Form von angeblichen Wertpapieren, die diesen Namen wahrhaft nicht verdienten, von mir gegangen sind. Angesichts dieses totalen Exodus und der damit einhergehenden restlosen Hoffnungslosigkeit in nunmehriger Kenntnis der wirtschaftlichen Lage – und in tiefer Verachtung eines banalen Lebens in Armut und Entbehrung – ziehe ich nach traditionell romantischem Vorbild die Spree dem gesellschaftlichen Niedergang vor. Da meine leibliche Familie zur Gänze aus Schwachköpfen und inzestgeschädigten Deppen besteht, habe ich mich – in nunmehriger beklagenswerter Abwesenheit von Geld und Immobilienbesitz – entschlossen, das Letzte, das ich noch mein Eigen nennen darf, nämlich die Rechte an meinen dreihundertdreiundsechzig Heftromanen zur Conversations- und Reiselektüre, ursprünglich erschienen im Verlag meines engen Freundes und Partners, der im Zuge des großen Kollapses jedoch ebenso sein pekuniäres Leben aushauchte wie meine Wenigkeit, der treusorgenden Obhut meines ebenso engen Freundes Maximilian Gerepolski zu überantworten. Auch wenn aktuell kein Profit daraus zu schlagen ist, wird er in seiner edlen, wenn auch unprofitablen Gesinnung dafür sorgen, dass dieser kulturelle Schatz für die Nachwelt gerettet und mein Name dadurch unsterblich gemacht werden wird. Da mir, für jedermann leicht nachvollziehbar, mit nahezu vierzig Lenzen ein mühsamer Neuanfang nicht mehr zuzumuten ist, verlasse ich nun diese schnöde Welt. Oder um es mit den Worten eines großen Philosophen zu sagen: ›Kann ich nicht im Luxus leben, so kann ich gar nicht leben.‹ Somit trinke ich das unwiderruflich letzte Glas Champagner aus meinen einst reichen Beständen auf mich und mein tragisches Ende. Gezeichnet: Rodolpho Lohengrin Breitkopf. Berlin, den 31.10.1929.«

Der Beamte schaute mich über den dicken Brillenrand hinweg gelangweilt an, während es mir wie Schuppen von den Augen fiel.

»Das ist doch Rollos Testament. Ich wusste bis zur Stunde noch nicht einmal, dass er überhaupt tot ist.« Ich musste mir erst der Tatsachen bewusst werden, bevor mir der wahrhaftige Inhalt des Verlesenen, der erst aus all dem unnützen Geschwätz extrahiert werden wollte, bewusst wurde. »Rollo, der Rollo, für den ein Anzug, der nicht aus reiner Seide war, schon als klares Zeichen der bittersten Armut zu bewerten war, hat seinen mythenumrankten Reichtum also durch das Verfassen von Groschenromanen erworben?«, wiederholte ich ungläubig die Quintessenz des etwas zu lang geratenen letzten Willens meines angeblich *engen Freundes.*

Davon wusste ich gar nichts (und damit es nicht unterging: *Lohengrin*?).

»Der Champagner, den er täglich in Unmengen in sich hineinkippte, wurde also von Hausfrauen, Sekretärinnen und jungen Mädchen finanziert, die zu wenig Bildung und dafür zu viel Rührseligkeit und Tränenflüssigkeit mit auf den Lebensweg bekommen haben?«

»Aber ja, Herr Breitkopf war im Verlag hoch angesehen«, ergänzte der Notar in dem für seinen Berufsstand üblichen, vermutlich mühsam vor dem Spiegel angeeigneten sachlich gelangweilten Tonfall.

»Von ihm persönlich stammte auch die revolutionäre Idee, die Anzahl der Heftseiten pro Exemplar zu halbieren. ›Mit zwei Romanheften verdienen wir mehr als mit einem Heft – fast das Doppelte!‹, pflegte er immer zu sagen. Sein Verleger liebte ihn.«

Ich liebte in diesem Augenblick überhaupt niemanden. Ich war nur schockiert. Mein erster Gedanke war, das Erbe entrüstet auszuschlagen, was bei genauerer Betrachtung vermutlich die richtige Entscheidung gewesen wäre, aber da sollte ich mir wieder einmal selbst in die Quere kommen. Sogar bei Bernds Nachlass hatte ich diese Möglichkeit ernsthaft in Betracht gezogen, obwohl eine Ablehnung in diesem Fall mir kurz- und mittelfristig die sichere Obdachlosigkeit und viel Zores beschert hätte. Dieses Mal wäre eine Verweigerung sogar ohne einen solchen Rattenschwanz an unerfreulichen Problemen möglich gewesen, doch erneut siegte der weiche Kern des Künstlers über den ohnedies stark verkümmerten Realisten in mir. Kreatives Schaffen war mir nun einmal heilig, daran vermochte auch die noch so fragwürdige Qualität einer Publikation, selbst als Heftroman, nicht zu rütteln. Neben allen Schwierigkeiten in meinem verkorksten Dasein und all dem belastenden Besitz schleppte ich ab sofort also auch noch einen imaginären Rucksack, vollgepackt mit schwulstigen Liebesgeschichten und halb lustigen Possen, durch mein seltsames Leben. Ich fand mich damit ab.

Kurz nach elf Uhr hatte die Tortur ein Ende, und ich streifte erleichtert den Amtsmief von meiner gepeinigten Seele ab. Rechtzeitig, um sich bei Icke, der im Normalfall just zu dieser Stunde seine Wirtschaft zu öffnen pflegte, den fahlen Beamtengeschmack aus der Kehle zu spülen. Vorzugsweise mit einem frisch gezapften kühlen Blonden.

Die Lust danach war so groß, dass ich förmlich zum Gasthaus rannte.

Icke war noch nicht da. Aller Wahrscheinlichkeit nach musste er erst seinen Rausch ausschlafen. Der traditionelle Umtrunk des Vortages dürfte erneut ausgeartet sein. Natürlich kamen auch noch andere Erklärungen in Betracht. Wie immer, wenn mein Freund in der einen oder anderen Form verhindert war, öffnete seine treue Seele und einzige langjährige Angestellte, Gusti, trotzdem pünktlich die Pforten des Etablissements. Schenkte man überdies Ickes Stammgästen Glauben, hielt Gusti ihm nicht nur in beruflicher Hinsicht die Stange.

»Tritt ein, bring Glück herein, Herr Generalmusikdirektor«, schlug es mir launig aus einer der schummrigen Nischen entgegen. Das nannte ich eine würdige Begrüßung.

»Nimm Platz, der Wein ist wesentlich besser, als es der Geschmack deines Bruders war«, bot mir ein übermäßig gut gelaunter Willi Silberberg seine Gesellschaft an. Nach Poidls Tod hatte er wohl ein neues Stammlokal für sich entdeckt.

»Welcher Goldesel hat denn deinen Weg gekreuzt?«, wollte ich ohne Umschweife von ihm wissen und nahm dankend Platz. »So ausgelassen kenne ich dich gar nicht.«

»Mit der Formulierung triffst du genau ins Schwarze.« Bereitwillig begann Willi, den Grund seiner sprudelnden Lebensfreude zu erörtern.

Haarklein bekam ich zu hören, dass der schlaue Fuchs Banken und Wertpapieren, sogar Banknoten, die für ihn keinen realen Wert repräsentierten, immer schon misstraut und deshalb auch sein gesammeltes Vermögen in Form von Edelmetallen im heimischen Wandschrank gehortet hatte, was ihn nunmehr – wie schon bei der großen Geldentwertung vor sechs Jahren – erneut als einen der wenigen Gewinner aus dem wirtschaftlichen Totalzusammenbruch hervorgehen ließ.

»Na, das nenne ich doch einen echten Grund zum Trinken.« Wie aus heiterem Himmel stand plötzlich Sabine am Tisch. In weiser Voraussicht hatte sie ein Tablett mit einer Runde hochprozentiger Getränke als Zehent dabei, das wir umgehend leerten.

»Fehlt nur noch der Trinkspruch zum Tage«, ergänzte sie Willis Geschichte, die sie in bester journalistischer Manier belauscht hatte, indem sie ein frisches Glas anhob. »Der Chefredakteur der *Morgenpost* hat mich heute früh zu sich ins Büro gerufen, um mir meine Beförderung mitzuteilen.«

Willi und ich sprangen auf und wollten spontan gratulieren, doch Sabine wiegelte ab.

»Er sagte mir, er könne sich die Redaktion ohne meine Anwesenheit gar nicht mehr vorstellen und wüsste nicht, wie er oder die Zeitung ohne mich und meine hervorragende Arbeit auskommen sollten; beginnend mit dem heutigen Tag gedenkt er das aber herauszufinden. Und dann beförderte er mich, und zwar an die frische Luft. Und hier bin ich. Prost!«

Da saßen wir mit herunterhängenden Kinnladen, während Sabine sich einen Kurzen nach dem anderen in den Kopf kippte.

»Darf er das?« Willi offenbarte ehrliche Naivität.

»Klar! Typisch kapitalistischer Ausbeuter!« Momentan ging mir das Herz über.

»Er meinte, ich sollte es nicht persönlich nehmen, aber wegen der Wirtschaftskrise müsste er notgedrungen Mitarbeiter entlassen«, fügte Sabine verbittert hinzu.

»Sicher ist es auch nur reiner Zufall, dass diese ›für die Zeitung lebensnotwendigen und ausschließlich der misslichen Wirtschaftslage geschuldeten‹ Kündigungen nur die beiden weiblichen Angestellten ereilt haben, der Rest darf bleiben. Jetzt ist die Redaktion wieder fest in männlicher Hand, und die Affen können sich endlich ungestört gegen die Brust klopfen oder am Gemächt kratzen. Oder was weiß ich! Eigentlich will ich das gar nicht wissen, sonst geht mir noch die Freude am Trinken verloren.«

»Warum solltest du das auch persönlich nehmen?«, hakte ich nach.

»Frauenfeind, Bankenknecht und verlogener Heuchler – sympathische Kombination!«

»Und gläubiger Katholik!« Sabine rundete das Bild nach unten ab.

Zwischen Sabine und Willi entbrannte spontan eine lebhafte Diskussion über die Wechselwirkung von Religion und Niedertracht, die mich eindeutig überforderte. Langsam überkam mich auch die Gewissheit, dass mein Leben sich seit geraumer Zeit ausschließlich über eine kontinuierliche Aneinanderreihung von Katastrophen definierte. Die Erkenntnis drückte meine Laune dermaßen, dass ich mit sofortiger Wirkung dazu überging, den Wein nur noch literweise zu bestellen.

»Alkohol im großen Gebinde, gefällt mir«, fiel Ickes Kommentar dazu knapp aus.

Nach wie vor zutiefst frustriert, hob ich langsam meinen Kopf und erblickte meinen verloren geglaubten Freund mit stattlichen drei Flaschen Wein auf seinem Tablett.

»Das macht in Summe vier Flaschen in meinem Blickfeld.« Für diesen lahmen Scherz erntete ich ausnahmslos Verständnislosigkeit, also zog ich es vor, mich hinter einem unschuldigen *Damenspitzerl* (laut Poidl ein leichter Schwips) zu verstecken.

»Dass du auch schon da bist, mein alter, alter Freund«, erklärte ich lallend.

»Du musst keine Vorstellung geben, es ist auch so schon schlimm genug«, lachte Icke und setzte sich zu uns, während Gusti weiterhin die Arbeit für ihn erledigte.

Willi erklärte sich bereit, die mittlerweile volltrunkene Sabine – »So werden Schriftsteller geboren!« – sicher nach Hause zu bringen, was mir wiederum die Gelegenheit eröffnete, Icke auf den aktuellsten Stand der Dinge zu bringen. Entgegen sonstigen Gepflogenheiten lauschte er meinen Ausführungen geduldig und aufmerksam bis zum Ende.

»Den Rausch hat sie sich redlich verdient, und du bist ein armer Hund mit dem ganzen Kitsch an der Backe«, brachte er die Sache zielsicher auf den Punkt. »Die Gerechtigkeit ist tot, mein Freund, und mit ihr gehen wir alle zugrunde.«

Alle Achtung, da verbarg sich Tiefgang, den ich bei Icke nicht vermutet hätte. Da er sich unmittelbar nach diesem schicksalsschwangeren Ausspruch auf seine Pflichten als Wirt besann und endlich der armen Gusti zur Hand ging, blieb ich allerdings nicht nur die Antwort darauf schuldig, sondern auch alleine in der dunklen Ecke zurück.

Darauf schien die vermeintlich einsam zechende Frau aus der Nachbarnische nur gewartet zu haben. Ohne zu zögern, lud sie sich an meinen Tisch ein. Trotz gewisser optischer Defizite meinerseits erkannte ich sie auf der Stelle. Es handelte sich nämlich um niemand anders als die geheimnisumrankte Frau Rosa, die große Brünette von Johanns Geburtstagsfest, die Dame mit der vorlauten Zunge, der engelsgleichen Stimme, dem permanent abwesenden Ehemann und dem auf Wunsch überaus lückenhaften Personengedächtnis. Der riesige Hut, den sie mit schier royaler Würde trug, hatte sie bis zu diesem Moment vor mir verborgen gehalten, aber nunmehr machte sie eher den Eindruck, als wollte sie absolut gar nichts verbergen. Das Übermaß an hier zur Schau gestellter Gleichberechtigung ging mir in diesem Augenblick eindeutig zu weit. Einladungen durften nach wie vor nur vonseiten des Mannes ausgesprochen werden, sonst drohten – auch abseits sämtlicher politischer Problemchen – sofortige Unordnung und dauerhafte Anarchie. Gegen derart einschneidende Veränderungen musste entschlossen vorgegangen werden.

»Ich konnte Sie unmöglich alleine trinken lassen.« Jeglichen Widerstand meinerseits erstickte die Walküre bereits im Keim.

»Das bringt nur Unglück und macht mieselsüchtig.«

Die Paarungswilligkeit stand ihr buchstäblich auf die Stirn geschrieben. Mein Gespür für verhängnisvolle Situationen – über Jahrzehnte hinweg mein treuester Begleiter und unzuverlässigster Berater – riet mir eindringlich, das laszive Nymphchen wie einen glatt gefahrenen Pneu am Wegesrand liegen zu lassen, aber die jüngsten Ereignisse hatten mich ausreichend desillusioniert und abgestumpft, um sogar für ein derartiges Angebot auf erschreckend niedrigem Niveau empfänglich zu sein.

Also stürzte ich mich bereitwillig in ein Abenteuer, das ich nie gesucht hatte. Außerdem beteuerte sie mir so glaubhaft, wie es einem Betrunkenen gegenüber nur möglich war, dass sie eigentlich seit jeher ein Auge auf mich geworfen hätte, wegen ihrer gesellschaftlichen Verpflichtungen jedoch stets anderweitig gebunden gewesen war. Vermutlich meinte sie damit meinen Bruder und ihren vielfach gehörnten Gatten, aber ich scheute mich vor Nachfragen. Sogar Bernds Tod und die allgegenwärtige Angst vor ihrem über achtzig Lenze zählenden Angetrauten mussten herhalten, um ihr unterkühltes Verhalten mir gegenüber bei unseren bisherigen Zusammentreffen zu erklären. Angeblich hatte sie mich schon vor Jahren auf der Bühne gesehen und lieb gewonnen, dann jedoch wieder aus den Augen verloren, bis ich kürzlich so unerwartet und unwillkommen vor ihrer Tür gestanden hatte. Unter größter Geheimhaltung hatte sie angeblich das Stück Papier, auf das ich meine Adresse gekritzelt hatte, wie einen orientalischen Schatz gehütet, ehe sie sich auf die Suche nach mir gemacht hatte und schnell im nächstgelegenen Wirtshaus fündig geworden war. Nach diesem Bekenntnis huschte eine zarte Entschuldigung über ihren entzückenden Kirschmund.

Ich hing an ihren Lippen wie ein dressiertes Schoßhündchen. Schon für den süßen Klang ihrer Stimme hätte ich gemordet. Folgerichtig dauerte es auch nicht lange, bis ich die Zeche beglich (in dieser Hinsicht war die Welt noch in Ordnung!), um stehenden Fußes zu meiner Wohnung aufzubrechen. Ursprünglich hatte ich aus Gewohnheit vorgeschlagen, zu ihr zu gehen, aber sie bestand mit Hinweis auf ihren eifersüchtigen und wutschnaubend zu Hause lauernden Ehegatten vehement darauf, dass meine vier Wände ungleich geeigneter für das zu erwartende amouröse Abenteuer wären, also blieb mir kaum eine andere Wahl, als einzuwilligen. Im Kern war es mir sowieso gleichgültig, wo dieser schreckliche Tag ausklingen würde.

Erneut war es Icke vorbehalten, mich bei der Verabschiedung (man könnte glauben, das wäre ein routinemäßiger Vorgang ohne das geringste Überraschungspotenzial, doch weit gefehlt, nicht bei Icke) auf eine Art und Weise bloßzustellen, wie nur er es immer und immer und immer wieder zustande brachte:

Ohne Vorwarnung reckte er seinen überlangen Hals über die Theke und beschnupperte die allzu leichte Eroberung von oben bis unten wie ein rolliger Kater. Ich versank vor Scham fast im Erdboden, während meine Begleiterin vor Fassungslosigkeit buchstäblich erstarrte.

»Lass uns lieber gehen, ehe er noch das Bein hebt«, versuchte ich, die überaus peinliche Malaise humorvoll zu überspielen, und zerrte sie aus dem Schankraum.

Der Heimweg gestaltete sich ebenfalls problematisch, musste ich mein ebenso überraschendes wie ungeplantes Rendezvous doch bei mindestens fünf oder sechs Gelegenheiten beiläufig aus einem Gebüsch zerren und wieder auf die Beine stellen, so betrunken schien die Frau zu sein. Anfangs hatte ich ihre wiederholten Ausflüge in die Berliner Botanik als kokette Aufforderung zum Tête-à-Tête unter freiem Himmel missverstanden, aber sie stellte rasch klar, dass das ein fulminanter Irrtum war. Auch allen weiterführenden Fragen, betreffend meinen Bruder und Johanns Geburtstag, wich sie elegant aus.

»Jeder Jeck is anders«, brummelte ich resignierend vor mich hin und stapfte weiter.

Nachdem wir zu guter Letzt in meiner Behausung angekommen waren, deckte ich zuerst Hoppels Käfig mit einem Tuch ab. Aus Rücksicht auf sein zartes Gemüt. Er sollte das, was da noch kommen würde, nicht unbedingt mitansehen müssen. Danach wollte ich ins Badezimmer, um mich frisch zu machen, aber da stürmte meine Begleiterin bereits an mir vorbei und kam mir zuvor. Das Verhalten der Frau wurde, obwohl sie eine Frau war, immer seltsamer, aber zum einen hatte ich im Laufe meines überlangen, bewegten Lebens schon viel Kurioses erlebt, zum anderen untersagte mir das Taktgefühl des Ehrenmannes einer Dame gegenüber jeden weiteren Kommentar. Um die Zeit sinnvoll zu nutzen, entkorkte ich eine Flasche Weißwein, setzte mich in den Salon und wartete. Und wartete. Und wartete.

Heftiges Pochen an der Eingangstür ließ mich aus dem kurzen Schlummer, in den ich offensichtlich gefallen war, hochschrecken. Vor meiner Tür stand – Icke.

»Hast du sie schon?«, flüsterte er und unterstrich seine Frage mit einer eindeutigen Handbewegung.

Ich verneinte mit einer ebenso klaren Geste, die durchaus dazu angetan war, ihm unmissverständlich zu signalisieren, dass er hochgradig unerwünscht war, doch diese eigentlich klare Mitteilung ignorierte er geflissentlich.

»Sehr gut«, flüsterte Icke und drängte sich an mir vorbei in den Flur.

»Das sehe ich nicht so«, entgegnete ich verwundert. »Was …?«

Weiter kam ich nicht, weil Icke mir mit der Hand den Mund zuhielt.

»Alles nur zu deinem Besten«, murmelte er geistesabwesend und schob mich zurück in den Salon. »Wo ist sie?«

Ich deutete völlig perplex in Richtung Badezimmer. Icke nickte, griff sich ein Weinglas und platzierte sich auf dem Sofa. Und ich stand erneut da wie ein Idiot.

»Setz dich doch.« Er schob mir einen Sessel zu.

»Wie großzügig«, konnte ich mir den süffisanten Unterton nicht verkneifen, doch das kratzte meinen Freund kein bisschen, er fixierte nur unablässig die Badezimmertür, während er sich ausgiebig am Wein bediente. In dem Moment, als ich eine neue Flasche holen wollte, erschien der Engel der Nacht in der Tür. Zu meiner Enttäuschung war sie nach wie vor vollständig bekleidet, was wiederum die Frage aufwarf, weswegen sie endlos lang mein Bad blockiert hatte.

»Wie ich sehe, bin ich hier überflüssig«, kommentierte sie erstaunlich nüchtern die Lage und wandte sich zum Gehen.

»Suchen Sie vielleicht dieses keusche Requisit, Gnädigste?« Icke hielt sie zurück, indem er ein beigefarbenes Unterkleid vor seiner Nase baumeln ließ.

Sie stoppte abrupt, kniff zornig die Augen zusammen und schnappte nach dem zarten Hauch von Nichts, aber Icke zog das *corpus delicti* reaktionsschnell zurück.

»Reden wir doch erst, bevor Sie mir an die Unterwäsche gehen«, lachte er dreckig.

Ich verstand gar nichts mehr und zog es daher vor, die Entwicklung des Dramas, das sich vor meinen Augen aufbaute, aus der Sicht eines interessierten Zusehers zu betrachten. Gespannt öffnete ich den soeben mitgebrachten Wein und lehnte mich erwartungsvoll zurück.

»Die Tatsache, dass Bernd zum Zeitpunkt seines Todes Damenunterwäsche, nämlich dieses entzückende Unterkleid, trug, schien in keinem Bericht über den Unfall – Verzeihung: Mord – auf, lediglich in den privaten Notizen des Leichenbeschauers fand ich einen geradezu verstohlenen Vermerk dazu. Ich habe mir die Freiheit genommen, besagte Notizen bei meiner Visite in der Totenhalle zu überfliegen. Bei dieser Gelegenheit gelangte wohl auch dieses überaus schlüpfrige Beweisstück in meine Tasche. Schwamm drüber. Da ohnehin niemand in diesem Fall weiterermittelte, fiel sein Fehlen nicht weiter auf«, eröffnete Icke gewohnt selbstverliebt den ersten Akt und ignorierte dabei vollends meine eigenen Bemühungen um Aufklärung, was leider keine neue Erfahrung für mich darstellte.

»Dieses Kleidungsstück war somit die einzige Spur, die unsere geheimnisvolle Unbekannte mit dem Verbrechen in Verbindung bringen konnte«, fuhr er fort.

»Na ja, ich habe die beiden auch noch bei diesem Geburtstagsfest zusammen gesehen«, warf ich ein, zog mir dadurch aber nur einen giftigen Blick zu.

Beim Gedanken an Johanns Feier fiel mir allerdings siedend

heiß ein, dass mir diese Frau, unsere mysteriöse Rosa, in Wahrheit die ganze Zeit hindurch in den abwegigsten Situationen über den Weg gelaufen war, ohne dass ich das beachtet hätte: Bernds Streitpartner vor Ickes Lokal, die lautstarke Auseinandersetzung im Badezimmer während erwähnter Geburtstagsfeier, der samtfüßige Riese in Krawuttkes Versteck – sie war schon immer da gewesen.

Mir fiel es wie Schuppen von den Augen. Unter meinen vermeintlich wachsamen Detektivblicken konnte sie ungestört ihre Spuren verwischen, ohne dass es mir aufgefallen wäre. Die Akte hatte sie wahrscheinlich längst verbrannt, das letzte noch fehlende Stück in der Beweiskette war das Negligé, dessen Icke noch vor ihr habhaft werden konnte. Dieser Umstand ließ doch gewisse Zweifel an meiner Qualifikation als Sherlock Holmes' legitimer Nachfolger in mir aufkeimen.

»Dazu kommen wir noch.« Gleich hatte ich mir einen Tadel eingehandelt.

Ich bat, mein vorlautes Benehmen zu entschuldigen, freute mich innerlich trotzdem, dass die träge Masse, in die der Alkohol mein Gehirn in der Zwischenzeit verwandelt hatte, auf der Zielgeraden doch noch in der Lage gewesen war, eins und eins zusammenzuzählen, und schenkte mir nach.

»Dieses adrette Unterkleid leistete unschätzbare Dienste, den typischen Geruch, der mir schon im Leichenschauhaus aufgefallen war, nicht in Vergessenheit geraten zu lassen. Genau diese markante Mixtur aus edlem Parfüm und erlesenem Lippenstift, zweifellos einzigartig, selbst bei einer Dame von Welt, habe ich vorhin im Lokal wiedererkannt. Von da an ergab sich alles andere wie von alleine.«

Icke füllte die künstlerische Pause mit einem Schluck Wein.

»Sie haben sich nur aus einem einzigen Grund an meinen Freund Max herangepirscht: Sie glaubten, er, als Bernds Bruder, hätte das einzige für Sie gefährliche Beweisstück noch in seinem Besitz. Deshalb haben Sie ihm den Kopf verdreht: um in seine Wohnung zu gelangen. Sämtliches Interesse an seiner Person war erstunken und erlogen. Das war ebenso klar wie offensichtlich.«

Jetzt war ich ernsthaft beleidigt.

»Dank Maxens guter Erziehung – und wohl auch wegen seiner immensen Alkoholisierung – hatten Sie genug Zeit, um jeden

Wäscheschrank im Badezimmer dreimal zu durchwühlen, aber zu Ihrer Enttäuschung blieb das Negligé verschwunden. Et voilà!«, kam Icke spektakulär zum Ende der Beweisführung.

Ich war zutiefst beeindruckt und tatsächlich schwerstens betrunken.

»Und jetzt?« Frau Rosa ließ sich so schwer auf das Sofa fallen, dass es ächzte.

»Jetzt interessiert mich nur noch das Motiv der Bluttat, damit ich die Geschichte meiner detektivischen Meisterleistung in Zukunft fehlerlos und vollständig erzählen kann.« Icke zeigte sich unerbittlich. »Die Gäste lieben solche Erzählungen, noch dazu mit realem Hintergrund. Vielleicht bringe ich den Kriminalfall sogar zu Papier«, raunte er mir augenzwinkernd zu.

Freudig erregt harrten wir der Auflösung des Rätsels, Frau Rosa gönnte sich inzwischen einen ausgiebigen Zug direkt aus der Pulle.

»Bernd war ein Schwein!«, brach es schließlich mit derartiger Vehemenz aus ihr heraus, dass sogar ihre edle Stimme ihren engelsgleichen Klang einbüßte. »Ich habe ihn aus dem Fenster gestoßen, weil er es verdient hatte. Weil er mich permanent gedemütigt hat. Und nicht nur meine Person alleine. Dieses Mal hatte er den Bogen eindeutig überspannt, endlich zeigte er sein wahres Gesicht, eine hässliche Fratze. Um es klarzustellen: Das mit uns ging schon seit Monaten. Wir haben uns meistens in seinem Büro geliebt, weil ich von der geballten Kapitalkraft rundherum extrem erregt wurde und dadurch schnell in Wallung geriet. So auch an diesem verhängnisvollen Vormittag. Es war herrlich. Im überschäumenden Glücksgefühl nach dem vollzogenen Geschlechtsakt habe ich ihm vertrauensvoll mein Herz geöffnet und das Thema nähergebracht, das mir seit jeher das Wichtigste war und ewig bleiben würde: die führende Rolle der Frau in der modernen Gesellschaft. In den höchsten Tönen pries ich die herausragenden Leistungen meiner grandios arbeitenden Schwestern und erwartete natürlich, dass er mir beipflichtete. Was er nicht tat. Vielmehr grinste er überheblich und kanzelte meine flammende Ansprache mit einem gelangweilten »Wenn du meinst« ab. In diesem Moment hat er alle Frauen dieser Welt beleidigt. Er war der erste Mann gewesen, dem ich meine Auffassung zu diesem sensiblen Thema eröffnet habe, und er trat meine Gefühle mit Füßen. Würdigte alles, woran ich glaubte, herab. Mit dieser Impertinenz konnte ich ihn unmöglich davonkommen lassen. Ich habe nur getan, was jede Frau an meiner Stelle getan hätte. Ich war im Recht. Dafür kann mich doch niemand verurteilen.«

Erschöpft kippte sie zurück. Auf eine seltsame Art wirkte sie erleichtert.

»Und um ein Haar hätte ich die Überlegenheit des weiblichen Gehirns sogar im Bereich der Kriminalität unter Beweis stellen können. Die ganze Zeit über wart ihr Männer doch keine Gegner für mich. Ich war euch immer mindestens einen Schritt voraus. Es war ein Kinderspiel, euch einzuwickeln und vor euren triefenden Nasen sämtliche Beweisstücke, die auf mich hätten deuten können, verschwinden zu lassen. Fast hättet ihr mir leidgetan. Aber eben nur fast. Die Idee, den Verdacht, dass Krawuttke Selbstmord begangen haben könnte, in die Welt zu setzen, ergab sich aus der glücklichen Fügung, dass ich seine Leiche entdeckte, als ich im Wertpapierbüro nach einem verlorenen Ohrring suchte. *Die Ratte* in der Spree zu versenken war nur ein willkommener Bonus. Vielleicht wird er ja irgendwann angeschwemmt. Ich hatte absolut alles unter Kontrolle, und ihr habt jeden winzigen Knochen, den ich euch zugeworfen habe, gierig und dankbar aufgeschnappt. Durchaus möglich, dass selbst die hirnlosen Nazis nicht zufällig ins Geschehen eingegriffen haben, sondern eventuell einen anonymen Hinweis, einen kleinen Tipp, erhielten. Denkt darüber nach! Es war perfekt. Ich war perfekt! Mein Plan war genial und makellos. Ihr hattet nur unbeschreibliches Glück, sonst nichts«, geiferte sie ungeniert weiter, während Icke und ich unverdrossen den verbliebenen Wein leerten.

»Habt ihr alles gehört?« Icke trieb die Handlung der privaten Tragödie voran, bevor ich überhaupt Mitleid oder Sympathie für die gebeutelte Seele empfinden konnte.

Aus dem Schlafzimmer stürmte auf Ickes Zuruf ein Rudel Schutzmänner und überwältigte die wehrlose Frau im Stile eines Kriegskommandos. Sie kämpfte nicht gegen die Festnahme an. Die Berliner Polizei war gleich mit fünf Mann angerückt. Das sollte reichen. Der ungleiche Kampf war beendet, noch ehe er begonnen hatte.

»Waren die schon immer in meinem Schlafzimmer?«, fragte ich sicherheitshalber nach, während Icke der Exekutive zu ihrem triumphalen Erfolg gratulierte. Immerhin hatten die Polizisten soeben einen Mord aufgeklärt, den sie von Anfang an für einen Unfall gehalten hatten. Streng genommen waren sie auch jetzt nur Beobachter gewesen, trotzdem würden die morgigen Frühausgaben nur so überquellen von ihren grandiosen Heldentaten.

»Nein, die sind sozusagen mit mir gekommen«, stellte mein listiger Freund klar.

»Ich habe die Tür nur angelehnt, so konnten sie unbemerkt in die Wohnung schlüpfen und alles mitanhören. Wir brauchten ein lückenloses Geständnis.«

Frau Rosa warf mir einen verächtlichen Blick zu.

»Was stand in der Akte?« Das – für mich – letzte offene Rätsel des Falles ließ mich nicht zur Ruhe kommen. »Du hast sie doch sicher gelesen.«

»Ich weiß, du hättest gerne den Beweis für den guten Kern deines Bruders, aber ich muss dich enttäuschen«, erriet die Arretierte messerscharf meine Gedanken.

»In der Akte stand nichts, womit Krawuttke Bernd unter Druck hätte setzen können. Was dein Bruder getan hat, hat er freiwillig und mit großer Hingabe gemacht.«

»Er war, wie er war«, konstatierte ich bitter und sah der bemerkenswerten Frau Rosa ein letztes Mal nach, als sie in Handschellen aus meiner Wohnung eskortiert wurde.

Nachdem die Ermittlung nun in trockenen Tüchern war, gestand Icke, der große Detektiv, mir freimütig, dass die Suppe ohne das letztendlich so bereitwillig erfolgte Geständnis wohl ziemlich dünn gewesen wäre, aber er war unverrückbar fest davon überzeugt gewesen, dass die Täterin unter dem Druck, dass die sie belastende Unterwäsche gefunden worden war, zusammenbrechen würde, was letztendlich auch – irgendwie – geschah. Die Polizei hatte er selbstredend nur unter Vorspiegelung falscher Tatsachen zum Kommen bewegen können, aber wer interessierte sich am Ende für solche Kleinigkeiten? War doch alles gut gegangen.

Der Knabe hatte mehr Glück als Verstand, gepaart mit einem fatalen Hang zum Hazard. Was das anbelangte, musste ich beunruhigende Parallelen zu meinem Bruder feststellen. Die Beunruhigung steigerte sich noch beträchtlich, als er mir schulmeisterlich darlegte, dass er mir von Anfang an von der Theorie, Krawuttke sei der Mörder, abgeraten und wieder einmal recht behalten hatte. Als würde mein Bruder aus dem Grab zu mir sprechen. Spuk ohne Ende.

Wir beschlossen, die Aufklärung des Falles mit einem ausgedehnten Zug durch die Gemeinde zu feiern, wobei Icke unablässig bestrebt war, jede weitere Diskussion über den Charakter meines Bruders und die Erklärung meines zunehmenden Verständnisses für die Tat bereits im Ansatz zu ersticken. Auch über seine Beweggründe, das inkriminierte Unterhemd nicht der Polizei zu übergeben, sondern für sich zu behalten, hüllte er sich in vielsagendes Schweigen.

Schon beim Verlassen des Hauses war mir sonnenklar, dass er die ganze Nacht hindurch gnadenlos mit seinem Erfolg prahlen würde, dessen ungeachtet, ob die Menschen sein privates Heldenepos hören wollten oder nicht, aber am heutigen Tag sollte es mich nicht stören. Zu groß war die Last, die mit der Klärung der Todesumstände von mir abfiel. Das Ergebnis musste mir nicht gefallen, aber ich hatte endlich Gewissheit. Und mit der Zeit würde ich auch wieder zur Ruhe kommen. An diese Hoffnung klammerte ich mich.

Gedankenverloren wankten wir gemeinsam die regennasse Straße hinunter.

»Ich hätte nie gedacht, dass eine Frau zu so etwas fähig sein könnte. Kaltblütiger Mord.« Nach wie vor zeigte ich mich fassungslos.

»So sind sie, die Suffragetten: Fanatiker!« Icke klopfte mir auf die Schulter.

»Im Vertrauen: Ihre eigene Schwesternschaft hat sie zu Fall gebracht, denn den letzten, entscheidenden Hinweis hat in Wahrheit Sabine geliefert, als sie mir den Namen des Parfüms nennen konnte. Frauen haben diesbezüglich wirklich die feinere Nase. Das Duftwässerchen habe ich dann heute in der Handtasche unserer Mörderin gesehen, als sie von der Toilette zurückkam, erst dadurch bin ich auf die Idee verfallen, sie dreist zu beschnüffeln und die Gerüche zu vergleichen. Aber dieses winzige Detail kann getrost unter uns bleiben«, erklärte er weiterhin selbstzufrieden.

In dieser fatalen Nacht beglichen Micky und seine Freunde ihre Rechnung mit den Schergen der SS. Zwar vermochte niemand zu beschwören, dass die willkürliche Racheaktion tatsächlich die Richtigen getroffen hatte, andererseits herrschte unter Mickys Gefolgsleuten die feste Überzeugung, dass man in diesem reaktionären Haufen von Faschisten niemals einen Falschen treffen konnte.

Die Spirale der Gewalt eskalierte. Unaufhörlich und unabwendbar.

Seite an Seite zogen Icke und ich weiter in die Dunkelheit, die bald den gesamten Kontinent verschlingen sollte.

Manchmal hatte es seine Vorzüge, die Zeit einfach so verlieren zu können.

Nachspiel

Nun, wo die Tat aufgeklärt und die Mörderin dingfest gemacht worden war, vermochte ich endlich um meinen Bruder und meinen Freund zu trauern. Ich veranlasste, dass Bernds Leichnam eingeäschert wurde, und schaffte es mühelos, die Urne an den Behörden vorbeizuschmuggeln und in meinen Besitz zu bringen. Mit den sterblichen Überresten meines letzten Verwandten hatte ich eigene Pläne, da konnte ich auf die unqualifizierte Einmischung des Staates gut verzichten. Quasi als Testlauf war ich zwei Tage zuvor mit der identischen Vorgehensweise schon der Asche meines Freundes Poidl habhaft geworden, auch da hatte die Staatsmacht ausschließlich durch Naivität und Inkompetenz geglänzt. Dumme Beamte waren ein Segen.

Die Voraussetzungen für meine höchstpersönlichen Abschiedszeremonien waren somit geschaffen, nur verwechseln durfte ich die beiden Urnen jetzt nicht.

Da in nächster Zeit keine Auftritte anstanden und Weihnachten nie einen hohen Stellenwert in meinem Leben hatte, bot sich aktuell der perfekte Rahmen für die traurige Pflicht, die mich erwartete. Der Zeitpunkt hätte nicht besser gewählt sein können. Der übervolle Bahnsteig bei den Fernzügen ließ in mir die Vermutung aufkeimen, dass nicht nur ich dieser Meinung war und Berlin offenbar mit einer massiven Fluchtwelle zu kämpfen hatte.

Ob die nach den Feiertagen alle wieder zurückkehrten?

Die Eisenbahn benötigte einen kompletten Tag für die Strecke zwischen der Hauptstadt und Köln. Da bot sich reichlich Möglichkeit zur geistigen Einkehr, um die Geschehnisse der letzten Wochen noch einmal durchzudenken. Am nachhaltigsten beschäftigte mich die Frage, was die Mitreisenden wohl dazu sagen würden, wüssten sie, dass ich mit zwei Toten in meinem Koffer als Begleitung unterwegs war. Über die Antwort konnte ich nur spekulieren. Um die Fahrt kurzweiliger zu gestalten, hatte ich mich mit vier Heftromanen eingedeckt, deren offizieller Rechteinhaber ich mittlerweile war. Schließlich war ich über die Maßen neugierig, was ich mir da in meiner kindlichen Unvernunft aufgehalst hatte. Schon nach wenigen Seiten war klar: Die Texte waren grauenhaft. Banal, vorhersehbar, einfallslos geschrieben, nichts als blanker Kitsch, gepaart mit preußischem – also nicht vorhandenem – Humor. Sämtliche Damen, die das Zugabteil mit mir teilten, waren hellauf begeistert von der Lektüre, die ich ihnen nur allzu gerne zur Verfügung stellte. Die Informationen zu meiner privaten Verknüpfung mit den literarischen Leckerbissen behielt ich vorsorglich für mich.

Es war schon mitten in der Nacht, als wir endlich ankamen. Ich verabschiedete mich von meinen angenehmen Reisebekanntschaften und nahm Quartier in einer entzückenden Wirtschaft direkt gegenüber dem Rangierbahnhof in meinem Heimat-*Veedel*, Nippes. Der Wirt kannte mich von Kindesbeinen an und war ein echtes kölsches Original. In seiner typischen Manier stellte er fest, dass ich einigermaßen gewachsen sei, seit er mich als knapp Achtjährigen das letzte Mal gesehen hatte, wirklich groß geworden war ich seiner Meinung nach allerdings nicht.

Bereits am frühen Morgen des nächsten Tages – ich hatte vor Aufregung die ganze Nacht kein Auge zugetan – fuhr ich mit einer Droschke zum Rheinufer, um Bernds letzten Willen zu erfüllen. Während ich seine Asche in den Rhein streute, wie er es sich gewünscht hatte, beobachtete mich argwöhnisch ein älterer Herr im feinen Zwirn, der wohl befürchtete, dass ich den nebelverhangenen Dezembertag dazu benutzen könnte, meinem vermutlich trostlosen Leben ein nasses Ende zu setzen.

Wie er mir später bei einem gemeinsamen Frühstück erzählte, war das einer der beliebtesten Plätze der Domstadt, um unüberwindlich erscheinende Probleme endgültig zu lösen. Nachdem ich zuletzt noch die Urne dem Fluss übergeben hatte und mich auf den Rückweg machen wollte, war er deshalb derart erleichtert gewesen, nicht schon wieder nach einem Schutzmann rufen zu müssen, um einen weiteren Lebensmüden aus dem Rhein zu fischen, dass er mich prompt zum Essen in den benachbarten Martinswinkel einlud, wo wir uns noch einige Stunden angeregt unterhielten. Erst bei der Verabschiedung erfuhr ich, dass ich die Ehre mit dem Kölner Polizeipräsidenten hatte, der augenscheinlich die Dinge gerne persönlich in die Hand nahm.

Einen fixen Bestandteil meiner seltenen Besuche in Köln bildete neben einem ausgedehnten Spaziergang durch Nippes und Bilderstöckchen – der traditionelle Rundgang zu den sentimentalen Orten der Kindheit – natürlich der Besuch des Doms. Obwohl ich nie gläubig gewesen war, beeindruckte mich das Riesengebäude mit seiner bewegten Historie und den unzähligen Feinheiten und Details der Figuren, Bilder und Heiligendarstellungen, in die vermutlich Dutzende von verklausulierten Epen und die sagenhaftesten Geheimnisse eingearbeitet waren, zutiefst. Warum auch nicht, schließlich war ich kein Atheist, sondern hasste nur seit jeher die Kirche. Vielmehr das, was ihre sogenannten Würdenträger seit Jahrhunderten ihren Schäfchen antaten, die definitionsgemäß blöd blökend zur Schlachtbank trotteten, ohne sich weitere Gedanken über die Hintergründe ihrer Schlachtung zu machen. So bahnten sich auch die weniger erfreulichen Erinnerungen aus früheren Tagen unaufhaltsam ihren Weg zurück in mein Bewusstsein, wo ich sie nicht haben wollte.

Ich merkte schnell, dass mich das Wiedersehen mit meiner Heimatstadt viel stärker aufwühlte, als ich es erwartet hatte, und beschloss daher, meinen Aufenthalt zu verkürzen und deutlich früher als ursprünglich geplant weiterzureisen.

Ich kam wirklich gerne nach Köln, verließ die Stadt aber auch sehr gerne wieder.

Mein Zimmerherr äußerte aufrichtiges Bedauern, zeigte aber auch Verständnis für meine überstürzte Abreise: »Dat weed schon widder, Jung!«

Wie erwartet stellte die Fahrt nach Wien alles bisher Dagewesene in den Schatten und nahm beinahe zwei volle Tage in Anspruch. Das Glück, eine Fülle illustrer Reisebekanntschaften zu machen, blieb mir auch auf meiner zweiten beschwerlichen Zugfahrt binnen weniger Tage treu, was die Strapazen zumindest ein wenig abmilderte. Abermals war ich überrascht über den prall gefüllten Fernexpress. Die unerwartet hohe Zahl an Getriebenen krempelte mein bisheriges Verständnis der angeblich besinnlichsten Zeit des Jahres grundlegend um. Wäre alles eitel Sonnenschein, würden sich nicht so viele Menschen in Zügen herumdrücken, anstatt im Kreise der geliebten Familie das Weihnachtsfest zu genießen. Das Spektrum der Persönlichkeiten erstreckte sich dabei von der Hofratswitwe, die vom Besuch bei der Schwester in Bayern zurückkehrte, über den Tenor, der zu den Proben für sein baldiges Debüt an der Staatsoper anreiste, bis hin zum wackeren Handwerksgesellen, der nach der Walz in die Heimat zurückkehrte. Und natürlich nicht zu vergessen: der Olympiasieger. Von Regensburg bis Linz hatte ich die unermessliche Ehre, im gleichen Abteil zu verweilen wie ein leibhaftiger Olympionike. Zwar wechselte ich kein Wort mit ihm – wie er überhaupt mit niemandem sprach, doch das war sein Vorrecht als Träger einer Goldmedaille –, war aber felsenfest davon überzeugt, dass jemand mit dieser Ausstrahlung nur ebendiese eine Bestimmung haben konnte. Genau so und nicht anders hatten Olympiasieger auszusehen, nicht wie die farblosen Knallchargen im Berliner Wald.

Und selbst wenn ich mich irren sollte, so musste er zumindest ein Weltmeister sein.

In Wien war es grimmig kalt. Nicht so dauerverregnet wie in Köln, aber auch nicht gemütlich, was der Stadt ja hartnäckig nachgesagt wurde.

Poidls Familie erwartete mich bereits am Bahnhof, nachdem ich mein Kommen telegraphisch angekündigt hatte, und beherbergte mich auch in der ersten Nacht. Weiter gehende Gastfreundschaft und das großzügige Angebot, die christlichen Feiertage gemeinsam zu verbringen, lehnte ich allerdings dankend ab. Nachdem wir die Asche meines Freundes der Donau übergeben hatten, trennten sich unsere Wege wieder. Zu schmerzhaft waren die Erinnerungen, die die bloße Anwesenheit seiner Familie in mir hochspülten.

Ich bedauerte das sehr, weil Poidls Angehörige durch die Bank umgängliche, nette Menschen waren, konnte meine Gefühle aber nicht ändern. Dieses Kapitel in meinem Leben musste endgültig geschlossen werden, ansonsten hätte es mich unweigerlich aufgefressen.

Vielmehr nutzte ich die zur Weihnachtszeit traditionell menschenleeren Straßen, um mich vom einzigartigen Flair der Stadt inspirieren zu lassen. Für mich war Wien der Inbegriff unvereinbarer Gegensätze. Hier trafen vermodernder Konservativismus auf die Aufbruchsstimmung der jungen Republik, neuer Nationalstolz auf überholte Deutschtümelei, moderne Kunst auf veraltete, kluge

Ideen auf die Politik. Die Liste ließe sich beliebig fortsetzen, genau das machte die Donaumetropole so reizvoll.

Selbstverständlich konnte ich mir den einen oder anderen Besuch der in den aktuellen Schlagern so häufig besungenen Wiener Cafés nicht versagen, und Besichtigungen von Stephansdom, Burgtheater, Karlskirche und dem Schloss Schönbrunn (manchmal hegte ich den Verdacht, dass kaum ein Volk der Monarchie so hartnäckig nachweinte wie die Österreicher) waren Pflichtprogramm für jeden Besucher der österreichischen Hauptstadt. Das war eine Pflicht, die ich mit Vergnügen erfüllte. Wohltuende Entspannung vermittelte mir eine Fahrradtour durch die Prateralleen und den Wienerwald. Obwohl mich der klapprige Drahtesel mehrmals abwarf, versicherte mir der Vermieter, dass er in einwandfreiem Zustand war. Also lag es wohl an mir.

Spätabends am Stephanitag, wie der zweite Weihnachtsfeiertag hier genannt wird, verhalf mir alkoholbedingter Heißhunger zu einem bemerkenswerten Erlebnis an einer urwienerischen Eigenheit: dem Würstelstand.

Die einfache Holzbude, an der gebratene Würste, Brezen und mehr oder minder hochprozentige Getränke die ganze Nacht hindurch feilgeboten wurden, war nicht nur einzigartig, sondern auch jener sagenumwobene Ort, wo Standesdünkel keinerlei Bedeutung mehr hatten und sich vom Regierungsbeamten bis zum Bettgeher alles einfand, was noch nicht nach Hause wollte. Man konnte hier gar nicht falsch sein.

So nahm ich in ausgelassener Stimmung ein fettes Mahl im Stehen unter Gleichgesinnten ein. Debattiert wurde reichlich, vor allem über Politik und Sport. Als die Schar der Nachtschwärmer bemerkte, dass ich Deutscher war, entfachte das sofort eine emsige Diskussion zum Thema »Deutschland und Österreich im sportlichen Vergleich«.

Aus aktuellem Anlass – unvorsichtigerweise hatte ich ohne Not meine Vorliebe für den Eishockey-Sport eingestanden – wurde mir haarklein aufs Brot geschmiert, dass Österreich bereits 1927 Eishockey-Europameister geworden war, dazu gesellten sich angeblich noch zweite und dritte Plätze, während Deutschland immer noch verzweifelt auf einen Erfolg bei diesem oder einem anderen Turnier wartete. Zu allem Überfluss sollte es nächstes Jahr sogar erstmals eine Fußball-Weltmeisterschaft in Übersee geben, aber auch in dieser Sportart war Österreich den Deutschen haushoch überlegen. Es sah nicht gut aus für mein Land, also strich ich in Hinblick auf die erdrückenden Argumente die Segel und spendierte eine Lage Bier, was mich stehenden Fußes zum Liebling der Nation avancieren ließ.

Die Runde löste sich im Morgengrauen auf, als der Betreiber des Standes bereits im Stehen einzuschlafen drohte und sich allgemeine Geldknappheit breitmachte. Der Weg zu meiner Pension in der Vorstadt war mir zwar nicht mehr vollständig bewusst, aber ich könnte beschwören, dass ich in einer Hauseinfahrt Eva erkannt hatte. Eva war eine junge Kroatin, mit der mich seit meinem Wien-Aufenthalt vor circa drei Jahren eine kurze, aber leidenschaftliche Affäre verband. Mein ursprünglicher Gedanke war es, den Dingen auf den Grund zu gehen und sie zumindest herzlich zu begrüßen, da der Knabe an Evas Seite aber auf mich den Eindruck machte, als könnte er in etwa zwei Jahre alt sein, beschloss ich vorsichtshalber, die Angelegenheit auf sich beruhen zu lassen, und wechselte stattdessen die Straßenseite. Der Tag hatte zu gut begonnen, um das Risiko einzugehen, er könnte so banal verdorben werden.

Den zweiten Weihnachtstag hatte ich vor meiner Exkursion zum *Wiaschdla*, wie die Einheimischen den Würstelstand in der ihnen eigenen Fremdsprache nannten, bei meinem Freund Joseph Zucker und seiner Großfamilie auf der Wieden verbracht. Mit dem Christenfest hatte die versammelte Verwandtschaft, wie auch meine Wenigkeit, zwar nichts am Hut, ich war aber zutiefst angetan vom jüdischen Familiensinn, der sich mir offenbarte. Noch nie hatte ich dermaßen viele Onkel, Tanten, Neffen, Nichten, Basen, Godeln und was weiß ich noch generationenübergreifend und in Frieden vereint gesehen.

In jeder anderen Familie wären vermutlich längst die Fetzen geflogen.

Schweren Herzens trennte ich mich sowohl von Familie Zucker wie auch von Wien, denn es galt, rechtzeitig zurück in Berlin zu sein. Auf mich warteten ein Auftritt zu Silvester und die fortgesetzte Jagd nach dem schnöden Mammon.

Gesteigerte Lust auf beides wollte sich nicht bei mir einfinden, ich würde aber *Grammofox* keinesfalls im Stich lassen.

Die schier endlose Rückfahrt, erneut in überfüllten Waggons, nutzte ich, um intensiv über mein weiteres Leben nachzudenken (die Heftromane hatte ich längst verschenkt). Einerseits wollte ich mit vierzig nicht mehr so leben, wie ich es mit fünfundzwanzig schon getan hatte, andererseits war ich mir nicht sicher, ob ich die Energie für einen radikalen Neubeginn aufbringen konnte. Zu allem Überfluss hing mir auch noch mein ungewollter Besitz in Berlin wie ein Klotz am Bein.

Was ich auch tun würde, es würde wohl unweigerlich ein Fehler sein, aber die Unruhe in mir wuchs ins Unermessliche, ich musste einfach irgendetwas tun.

Finale

Die Zeit glitt so sanft dahin wie die Ballade, mit der wir noch ein letztes Mal vor dem Jahreswechsel erfolgreich mit Wehmut Vergangenem und Verlorenem gedachten. Irgendwie erinnerte mich das Lied jedes Mal aufs Neue an einen nebelverhangenen Herbsttag in London. Dabei war ich noch nie in London oder überhaupt auf dieser unscheinbaren Insel vor Kopenhagen gewesen. Vor meinem geistigen Auge baute sich das Bild einer Brücke und einer Laterne in einem Park im Dämmerlicht auf.

Kein Engländer konnte diese Stadt besser verstehen als ich, so viel stand fest.

Nur ein Hauch Parfüm war stets an dir,
ein Hauch von Flieder.
Denkst du noch zurück an unser Glück,
an uns're Lieder?
Deinen Hauch Parfüm kenn' ich heraus
von tausend andern.
Nachts noch, fast fühlbar kaum,
schwebt über'm Raum dein Duft im Traum!

Veronika zelebrierte das herzzerreißendste Violinsolo aller Zeiten. Jeder ungarische Zigeuner hätte sie dafür vom Fleck weg adoptiert oder geheiratet – je nach Alter.

Gedankenverloren zupfte ich die Saiten, während die Lieder an mir vorüberzogen.

Noch fünfzehn Minuten bis Mitternacht. Nur mehr eine Viertelstunde Galgenfrist.

Sie hat mich fest an's Herz gepreßt,
da macht' ich Licht und sagte schlicht:

Mit diesem ultimativen Stimmungsmacher – seines Zeichens das allererste Lied, das *Grammofox* jemals geprobt und auf einer Bühne dargeboten hat, quasi der *grammofoxische* Grundstein, der Urknall der *Foxwerdung* – holten wir noch einmal das Letzte aus uns, unseren Instrumenten und dem Publikum heraus.

Das vergangene Jahrzehnt wollte schließlich gebührend verabschiedet werden.

Ich steh' mit Ruth gut, weil meine Ruth tut,
das, was mir gut tut im Monat Mai.
Sie küßt nicht scherzhaft, sie küßt mich herzhaft,
ihr liebes Herz schafft das Glück herbei.
Sie macht die allerkleinste Wiese
zum Paradiese im Augenblick!
Ich steh' mit Ruth gut, ich weiß was gut tut,
denn wer bei Ruth ruht, na, der hat Glück!
= Jamm-Bamm – Ba-Wumm – Und-Zgasch =

Das war's! Programmende erreicht, Stimmung aufgebaut und gehalten, und das Ganze als souveräne Punktlandung knapp zehn Minuten vor dem Jahreswechsel.

Die gestellte Aufgabe vorbildlich erfüllt, der Zeitenwechsel hingegen unvermeidbar.

So las sich die nicht mehr ganz so nüchterne Bilanz des Abends.

»Meine sehr verehrten Damen und Herren, das war unsere letzte Nummer für dieses Jahrzehnt, *Ich steh' mit Ruth gut*, vom ungekrönten Königsduo unter den Schlagerschreibern, Fred Raymond und Robert Gilbert, denen ich aufrichtig wünsche, dass sie für dieses Lied aus ihrem reichen Erfahrungsschatz schöpfen durften. Vielleicht kannten sie aber auch nur eine ruchlose Schlampe mit diesem Namen. Wie auch immer: *Grammofox* wünscht Ihnen ein glückliches und zufriedenes Jahr 1930!«

Cora atmete erleichtert auf und verließ fluchtartig die Bühne, der *Restfox* folgte ihr möglichst unauffällig und leise nach. Unsere Arbeit für diese Dekade war getan.

Mazze nutzte indessen seine langjährige Erfahrung, die er sich als Barpianist in den übelsten Kaschemmen der Stadt – und davon gab es massenhaft – erworben hatte, zu unser aller Vorteil und überbrückte die wenigen Minuten bis Mitternacht geschickt mit ein paar belanglosen, aber höchst wohlklingenden Klavierimprovisationen. Banalitäten, die jedes Auditorium dieser Erde liebte.

Stumm saßen wir an dem schmalen Tisch neben der Küche, den man der Musik zugewiesen hatte, und hingen, jeder für sich, unseren eigenen Gedanken nach. Ich vermochte nicht einzuschätzen, ob Trauer, Ungewissheit oder vorsichtige Vorfreude der Grund für das Schweigen waren. Ob es so viel zu sagen gab, dass niemand damit zu beginnen wagte, oder ob schlicht und ergreifend kein Anlass zum Reden bestand: Ich wusste es nicht. Vielleicht machte sich nach all den Jahren auch nur langsam Erschöpfung innerhalb der Kapelle breit. Sogar Mazzes Spiel verströmte etwas Sehnsüchtiges.

»Lobet und preiset alle Lieder in Moll«, bemerkte er schmunzelnd, als er sich pünktlich zum Klang der Neujahrsglocken zu uns gesellte.

»Auf den *totalen Fox* in den Dreißigern!« Cora erhob ihr Glas.

»Auf den *totalen Fox*!«, nahmen wir den eigentümlichen Trinkspruch bereitwillig auf.

Nach den üblichen wechselseitigen Glückwünschen zum Jahresbeginn und der obligatorischen champagnergetränkten Pflichtrunde durch den Saal freuten wir uns schon auf das traditionsreichste Ritual, das *Grammofox* zu bieten hatte. Seit dem ersten Auftritt zum Jahreswechsel vor nunmehr drei Jahren war dieser Brauch untrennbar mit unserer Gruppe verbunden: die schonungslose Enthüllung der Neujahrsvorsätze!

Um die Runde aufzulockern, eröffnete ich den Reigen der Bekenntnisse – quasi außer Konkurrenz – mit Rollos Passion. Die unglaubliche Geschichte des Rodolpho Lohengrin Breitkopf, des heimlichen Verfassers von rührseligen Heftromanen, des absoluten Herrschers über Herz und Schmerz, des Mannes, dessen Ende einem seiner Heftchen entsprungen zu sein schien. Wie erwartet lösten meine Enthüllungen ungeteiltes Entsetzen unter den Anwesenden aus. Ein derartiges Schicksal gönnte man nicht einmal seinen schlimmsten Feinden, weder zu Lebzeiten noch im Tode.

Völlig gegenteilig nahmen meine Kollegen hingegen das zweite Horsd'œuvre auf, das ich ihnen kredenzte. Unter den *Foxes* herrschte die einhellige Meinung, dass Sabine dem Zeitungsfritzen sogar dankbar für die Entlassung aus den Niederungen der Nachrichtenbranche sein sollte. Nach der Befreiung aus der zweifelhaften Karriere des neugierigen Schmierfinks konnte sie sich nun endlich ihrer wahren Berufung, ihrem Roman, der reinen Kunst und Vervollkommnung ihres Talentes als Schriftstellerin, widmen. Endlich eine Geschichte mit einem guten Ende, so der Grundtenor in der Runde.

»Ich habe mir fest vorgenommen, mich im kommenden Jahr verstärkt meinen Soloauftritten und meinem Bankkonto zu widmen.« Veronika startete den offiziellen Teil des Rituals.

»Noch mehr?«, entfuhr es mir (keineswegs) unbeabsichtigt.

Ich wusste, ich tat ihr damit unrecht, aber ich konnte einfach nicht anders.

Veronika überging die Bemerkung gewohnt charmant, berichtete unter größtem Staunen unsererseits über die bereits weit gediehenen Fortschritte bezüglich ihrer Ambitionen als Solokünstlerin und gab schließlich tränenreich ihre – trotzdem unverrückbare – Absicht bekannt, die Kapelle zum nächstmöglichen Zeitpunkt zu verlassen. Die Bestürzung über die Botschaft hielt sich in Grenzen. Zu lange hatten wir schon mit diesem Schritt gerechnet. Lediglich die Ankündigung, den Weg als Einzelkünstlerin im Duett mit ihrem Bruder in Angriff nehmen zu wollen, versetzte uns in Erstaunen.

Mickys Diskussionsbeitrag gestaltete sich bedeutend profaner: Er hatte sich fest vorgenommen, im kommenden Jahr endlich sein Privatleben zu ordnen, was in seinem Fall durchaus eine seriöse Herausforderung darstellte, denn was mich betraf, so gelang es mir noch nicht einmal, Mickys Kinder den jeweiligen Müttern korrekt zuzuordnen, und da spreche ich nur von den ehelichen Blagen. Sein zweiter, nicht weniger wichtiger Vorsatz galt dem lang gehegten Wunsch, endlich ausschließlich von der Musik leben zu wollen. Ein Unterfangen, das ich ihm in jeder Hinsicht zutraute, denn obwohl unser Micky tendenziell antriebslos und niedergeschlagen war und phasenweise auch nur sehr schwer zu motivieren, so grenzte es an Schwerstarbeit, ihn zu stoppen, wenn er erst einmal für etwas Feuer gefangen hatte.

Mazzes Wortmeldung betraf – wie gewohnt – sein Privatleben, für das die Bezeichnungen *desaströs* und *hoffnungslos* mehr als angebracht schienen, weshalb er auch immer wieder Perioden der Untätigkeit und des Stillstandes, ausgelöst durch Schwermut und Resignation, zu durchleben hatte, was seine Lage auch nicht unbedingt verbesserte.

Auffallend war, dass wir dieses Spiel der guten Neujahrsvorsätze Jahr für Jahr absolvierten, Mazze bisher jedoch immer nur einen einzigen Wunsch geäußert hatte: »Ich will die Frau fürs Leben finden.« Wie ein Perpetuum mobile. Ich habe ihn stets davor gewarnt, dass Damen im heiratsfähigen Alter auf diese Form der Torschlusspanik in den seltensten Fällen positiv reagieren, aber er wollte mir einfach nicht glauben. Er war nun einmal meine engste Bezugsperson innerhalb der Kapelle, deshalb war ich immer bestrebt, ihm zu helfen. Und irgendwann würde auch dieser Topf – ohne mein Zutun – seinen Deckel finden.

»Und mit welchen frommen Versprechen gehen Sie ins neue Jahr, Herr Wank?« Cora versuchte geschickt, eine Gnadenfrist für sich selbst herauszuschinden. Sie wusste ganz genau, dass Günther es abgrundtief hasste, mit seinem Nachnamen angesprochen zu werden, aber dieses Mal ließ er es bei einem indignierten Augenaufschlag bewenden.

»Vielleicht heirate ich.«

Nach diesem Paukenschlag war ich also an der Reihe, die Details meines persönlichen Selbstbetruges für das kommende Jahr kundzutun. Eigentlich hatte ich mir schon eine griffige Version zurechtgelegt, aber in letzter Sekunde entschied ich mich doch für die ehrliche Variante und gestand freimütig, dass ich 1930 nutzen wollte, um endlich als klassischer ernst zu nehmender Komponist zu reüssieren. Und um das Vorhaben voranzutreiben, hätte ich mit dem gestrigen Tag begonnen, meine »Symphonische Dichtung für Großes Orchester« nach einem Gedicht von Nikolaus Lenau, die ich letztes Frühjahr komponiert und die seither in meiner Schublade in Frieden geruht hatte, an verschiedene Orchester und Verlage zu verschicken. Zur Kaschierung meiner hinderlichen Schlagervergangenheit tat ich dies unter dem Pseudonym Arno von Bärbroich. Wer weiß, wenn Arno Erfolg haben sollte, gelang es ihm vielleicht, die Oper »Wieland, der Schmied« zu vollenden. Einer musste es ja tun.

Gemeinsam tranken wir auf Arno von Bärbroichs Durchbruch.

»Und wenn es nur der Blinddarm ist«, perfektionierte Günther den Trinkspruch.

Coras Vorhaben erschien auf den ersten Blick bescheiden: Sie wollte das kommende Jahr sittsamer verleben. Wer jedoch um ihre halt- und zügellosen Phasen, die sie immer wieder einholten und die sie tunlichst zu verheimlichen versuchte, was ihr allerdings nie gelang, Bescheid wusste, konnte erahnen, dass das in Wahrheit ein sehr ambitioniertes Ziel darstellte. Zumindest war es das erste Mal, dass sie offen zu ihren moralischen Verfehlungen stand. Ein wichtiger erster Schritt zur Besserung, falls sie das wirklich beabsichtigte. So wie sie permanent um den heißen Brei herumredete und sämtliche Ausrutscher verniedlichte und ironisierte, meldete ich allerdings gleich vor Ort berechtigte Zweifel an ihrer Ernsthaftigkeit an.

»Ich bitte um Entschuldigung«, beendete der Veranstalter der rauschenden Ballnacht abrupt die Ausübung unserer lieb gewonnenen Tradition. »Aber das Publikum ist nicht zu beruhigen und verlangt vehement eine letzte Zugabe. Bitte erweisen Sie uns die Ehre.«

So stilvoll waren wir schon lange nicht mehr um eine Fortsetzung gebeten worden. Hier sollten wir öfter gastieren. Nach kurzer Beratung kehrten wir auf die Bühne zurück und entschieden uns für das Hohelied auf das Altern schlechthin als einzig möglichen, würdigen Abschluss des Abends.

Als du um mich geworben,
da warst du schön geforben,
so wie ein Pfirsich auf dem Ast!
Du brachtest immer Rosen.
Es haben alle Hosen
wie angegossen dir gepaßt!
Wie schwebtest du im Tanze,
wie gingst du forsch auf's Ganze,
ein Casanova jeder Hauch!
Jetzt hängen beim Lustwandeln aus der Hose dir die Bandeln,
und wohin ich schau', ist nichts als Bauch!

Die Worte erschienen mir wie donnernde Mahnmale. Vielleicht sollte ich Berlin und Deutschland rechtzeitig den Rücken kehren, bevor ich zu alt und zu bequem dazu geworden war, das Angebot meines Freundes und Schriftstellers Joseph Zucker anzunehmen und zu ihm nach Wien zu kommen. Joseph hatte schon den Text zum »Gretchen« geschrieben, mit dem ich restlos zufrieden war, und mir vor Kurzem ein hervorragendes Exposé zu einer neuen Oper zugesandt, deren Komposition mich ebenfalls über die Maßen reizte.

»Gute Musiker braucht man überall.« Bei jeder Gelegenheit versuchte er, meine Bedenken, das vertraute Umfeld zu verlassen, zu zerstreuen, was ihm zunehmend besser gelang. »Wer mit der Scholle verwachsen ist, wird von ihr begraben.«

Letzteren Ausspruch durfte man gerade aus Josephs Mund nicht überbewerten, denn meines Wissens hatte er es in den vergangenen neun Jahren auf ebenso viele Wohnsitze und Umzüge gebracht – ich nannte ihn deshalb liebevoll den Zigeuner –, aber vielleicht war die Donaumetropole tatsächlich der bessere Ort, um das nächste Jahrzehnt, die hoffentlich unverändert *Goldenen Dreißiger*, zu verleben.

Es war zumindest eine Überlegung wert.

Wo sind deine Haare, August, August,
deine gold'nen Jahre, August, August?
Keiner hatte Locken so wie du,
keiner trug die Socken so wie du!
Keiner konnte schmusen so wie du,
lag an meinem Busen so wie du!
Oh, du lieber Augustin, alles ist hin!

Das einzig Verlässliche in diesen Zeiten der allgegenwärtigen Unsicherheit und Orientierungslosigkeit war, dass – egal wann und in welchem Zustand auch immer ich nach Hause kommen würde – mein geliebter Hoppel mich mit seinen treuen blauen Augen bereits an der Eingangstür empfangen und mit ehrlicher Freude seinen besten Freund und immerwährenden Ernährer – und nunmehr sogar Lebensretter – begrüßen würde. Darauf freute ich mich jedes Mal, schon wenn ich das Haus verließ.

Zugegeben, der Champagner entfaltete langsam seine verheerende Wirkung, aber das war viel mehr, als so mancher andere vom Leben zu erwarten hatte.

Böse Zungen behaupteten gerne, ich würde unter akutem Realitätsverlust leiden, aber angesichts der allgemeinen – und auch meiner persönlichen – Lage konnte ich diesen Schwätzern erhobenen Hauptes entgegentreten und festen Wortes verkünden:

Ihr irrt euch – ich leide nicht, ich genieße!

In memoriam

Wolfgang Mayerhofer
1974-2006

Repertoire *Grammofox*

Am Sonntag will mein Süßer mit mir segeln gehen (Foxtrott) 1929
Text: Robert Gilbert, Musik: Anton Profes

Benjamin, ich hab nichts anzuzieh'n (Foxtrott) 1927
Text: Beda, Musik: Jara Benes

Charleston (Charleston) 1927
Text und Musik: Willy Rosen

Das Gretchen und die Politik (Foxtrott) 1929
Text: Joseph Zucker, Musik: Maximilian Gerepolski

Die schöne Adrienne hat eine Hochantenne (Foxtrott) 1925
Text: Wauwau, Musik: Hermann Leopoldi

Es geht die Lou lila (Foxtrott) 1925
Text: Beda, Musik: Robert Katscher

Ich hab das Fräul'n Helen' baden 'sehn (Foxtrott) 1925
Text: Fritz Grünbaum, Musik: Fred Raymond

Ich red' mir ein, es geht mir gut (Lied und Foxtrott) 1925
Text: Wauwau/Dr. Robert Katscher, Musik: Hermann Leopoldi

Ich reiß' mir eine Wimper aus (Lied und Foxtrott) 1928
Text: Charles Amberg, Musik: Fred Raymond

Ich steh' mit Ruth gut (Foxtrott) 1928
Text: Robert Gilbert, Musik: Fred Raymond

In der Bar zum Krokodil (Lied und Onestep) 1927
Text: Beda/Walter Fitz, Musik: Willy Engel-Berger

Jeder hat einen Schatz (Foxtrott-Lied) 1927
Text: Fritz Rotter, Musik: Austin Egen

Johnny, wenn du Geburtstag hast (Moderato-Fox) 1920
Text und Musik: Friedrich Hollaender

Madonna, du bist schöner als der Sonnenschein (Lied und langsamer Fox) 1924
Text: Robert Katscher (dt.), B. G. de Sylva (engl.), Musik: Robert Katscher

Mein Papagei frißt keine harten Eier (Lied und Foxtrott) 1928
Text: Hermann Frey, Musik: Walter Kollo

Nur ein Hauch Parfüm (Slowfox) 1922
Text: Ernst Neubach, Musik: Eduard May

Was machst du mit dem Knie, lieber Hans? (Paso doble) 1925
Text: Beda, Musik: Richard Fall

Whispering (Foxtrott) 1920
Text: Richard Coburn, Vincent Rose und Malvin Schonberger, Musik: John Schonberger

Wie kommt der Lippenstift in Lehmanns Unterbett? (Foxtrott) 1927
Text und Musik: Robert Gilbert

Wo hast du nur die schönen blauen Augen her? (Shimmy) 1923
Text: Robert Katscher, Musik: Ralph Erwin

Wo sind deine Haare, August? (Foxtrott) 1926
Text: Beda, Musik: Richard Fall

Das Gretchen und die Politik

Text: Joseph Zucker

Musik: Maximilian Gerepolski

25 B△ C7 D7(♭9) G
die Maid di - rekt ins Par - la - ment. Dort wo die Grei - se lei -
doch das geht schnell vor - ü - ber. Denn wo die Grei - se lei -
31 Am7 G Des°7 Am7
se ros - ten und präch - tig leb`n auf un - s´re Kos - ten
se ros - ten und sich ver - gnüg`n auf un - s`re Kos - ten
37 D Em9 C△ D9 D7 Em7 D7 G
kriegt Gret - chen feuch - te Au - gen. Nicht je - de Re - de, die
weint je - der Steu - er - zah - ler. Nicht je - de Re - de, die
43 Am7 G Des°7 Am7
ist wei - se. Das ist nicht schlimm, denn Gret - chen hört nicht
ist wei - se. Doch das macht Sinn, denn nie - mand hört noch
49 D Hm7 D7 G D7 H°7 A7 D7 D7(♭9) G
hin.
hin.

Mein herzlicher Dank gilt

Monika Genahl
für die Unterstützung

und meinen »Füxen«
Karoline Gans, Vera Rausch, Gerhard Walter,
Michael Schmidinger und Matthias Klausberger
für die Inspiration.